BLICK ÜBER DEN ZAUN

Friedrich
LUFT

BLICK
über den
ZAUN

Tagesblätter

: TRANSIT

INHALT

by :TRANSIT Buchverlag
Gneisenaustraße 2
10961 Berlin

Umschlaggestaltung und Layout: Gudrun Fröba
Druck und Bindung: Pustet GmbH, Regensburg
ISBN 3-88747-139-3

So beispielsweise: Die Leute drängen zum Eingang der Untergrundbahn. Sie tragen Aktentaschen und weisen sich damit als tätig und emsig aus. Oder sie schleppen das Joch dieser Tage, den unvermeidlichen Rucksack, auf dem gebeugten Rücken. Aber eilig sind sie alle und sehr ernst und sehr rege und sehr wichtig und so wunderbar aufbauwillig, wie sie mit schnellem Atem zur U-Bahn drängen.

Nur einer trägt keine Aktentasche und keinen Rucksack. Und jetzt bleibt er sogar stehen, denn neben dem Eingang hat er ein Kind entdeckt, sieben Jahre alt vielleicht, klein und unauffällig, wie die meisten Kinder sind. Nichts Besonderes. Es steht da, wartet, daß seine Mutter von der Schlange am Fahrkartenschalter zurückkehrt, und hat vor Langeweile einen Finger in der Nase. Nichts Besonderes.

Aber der Mann ohne Aktentasche ist aus einem unerklärlichen Grunde gezwungen, stehenzubleiben und das Kind zu betrachten, denn siehe, es hat Augen. Zwei offene, braune, klare Kinderaugen. Und das gibt dem ohne Aktentasche unversehens einen kleinen Stoß am Herzen. Daß es so etwas gibt! Darüber bleibt er stehen und wird nachdenklich. Sieht in diese Augen, legt den Finger seinerseits gedankenvoll an die Nase und fühlt den Stoß am Herzen: Kinderaugen, ihre Unschuld und klare Süße, zwei kleine Fenster des Lebens, geöffnet in die Welt. Und wenn man mit Bedacht hineinsieht, kann man so etwas wie eine frühe Seele betrachten. Die Augen sind schön.

Um keine Peinlichkeit aufkommen zu lassen, sagt der am Herzen Gestoßene: »Na, Kleiner, nimm mal den Finger aus der Nase!«

Und da der Kleine aus Berlin ist, antwortet er umgehend: »Gehen Se weiter, Herr! Schließlich is ja meine Neese!«

Und der Herr geht weiter und hat natürlich seinen Zug verpaßt. Aber zu Hause versucht er mit seiner Schreibmaschine und mit Worten den kleinen Stoß am Herzen zu rekonstruieren. Er schießt mit behutsamen Sätzen in die nahe Unendlichkeit und schreibt mit klammen Fingern von diesen erstaunlichen Kinderaugen.

Ein Feuilleton. Weiter nichts.

Hat er Glück, wird's gedruckt und steht am folgenden Tage im Blatt. Dann liest es unter Umständen einer von denen mit den gewichtigen Aktenmappen und den gewaltigen Rucksäcken. Und ist es gut geschrieben, teilt sich dem unversehens auch der kleine Stoß am Herzen mit und eine gute, schnelle Nachdenklichkeit, verursacht von zwei ganz belanglosen Kinderaugen, beschrieben in dreißig Zeilen. Er weiß für die Dauer von Sekunden wieder, daß diese Welt auch schön sein kann und voller Unschuld. Er ahnt, daß der letzte Sinn des Lebens nicht ist, daß man eine Aktentasche trägt und emsig ist. Er denkt mit und denkt nach. Aber wird er's zugeben?

Er faltet das Blatt zusammen. »Zeit haben manche Leute!«, sagt er, »und Sorgen! Na, schön ...«

Wie gut, daß sich hin und wieder immer welche in unserer Sprache Zeit genommen haben, sich Zeit zu nehmen. Eckensteher des Alltags. Wie schön, daß sie sich Sorgen gemacht haben für andere. Selig am Herzen Gestoßene. Wie dankenswert, daß sie den anderen dann mit dreißig zwecklosen, aber sinnvollen Zeilen ein kleines Fenster aufgestoßen haben, Licht eingelassen in den täglichen Tag. Daß sie für Augenblicke uns den Himmel sehen ließen.

Wie hübsch, daß es bei uns das Feuilleton gibt!

DER MIT DER ZIGARETTE

Der mit der Zigarette – darüber herrschte im Kreise schweigendes Einverständnis – war unausstehlich. Zuerst hatte er sozusagen mit der linken Hand Europas verhedderte Wirtschaftslage entwirrt. Da wir anderen leider nicht allzuviel Einsicht in die Wirtschaftsteile der Zeitungen nehmen, konnten wir ihm keinen ökonomischüberzeugenden Knüppel zwischen die unerträglich selbstsicheren Beine werfen. Er dozierte mit Lust, hing leger im Sessel und rauchte. Wir nicht.

Dann kam er auf Politik. Was er dabei obenhin und ohne Kenntnis und Zweifel kundtat, war leichtfertig, schief und uns allen entgegen. Erwin, der sich hierin sicher bewegt, kam kurz hoch und gab ihm sein sicheres Kontra. Das genügte dem mit der Zigarette für ein nachsichtiges Lächeln. Er ließ das heiße Eisen fallen, ging auf das Theater über mit seinen schnellen und glatten Worten und gab eine törichte Meinung kund. Gesellschaftlich gedämpfter Aufstand des Protestes. Er war vor die falsche Schmiede geraten. Aber er rauchte, war nicht aus seiner Sicherheit zu stoßen, merkte nicht, wie er uns langsam gründlich zuwider wurde, und plauderte schon von den Frauen. Er ließ durchblicken, daß er in all seinem öligen Eigensinn so etwas wie ein Tausendsassa und Tunichtgut unter weiblichen Menschen wäre. Und die Art, wie er dabei Ursel, die so nett und so arglos am Ofen saß, in sein billiges Lebemannauge nahm, paßte mir persönlich schon gar nicht.

In Cannes, 1952

Ein konfiszierter Kerl, hätten unsere Großeltern gesagt. Er hielt sich selber dafür, er genoß seine glatte Wirkung und als einziger auch diesen trüben Abend. Mit dürren Worten: wir haßten ihn. Ich überlegte, wie man den Burschen zu Fall bringen könnte, sah zu Erwin hinüber und merkte, wie ein paar seiner herrlich-rüden Injurien in ihm noch mit seiner Erziehung stritten. Und Heinrich war anzusehen, daß er dem rauchenden Protzen auf seine unkomplizierte Art am liebsten vor den Hals geschlagen hätte.

Da geschah das Beschämende. Der rauchende Widerling griff in die Tasche, zog sein Etui hervor und bot uns an. In Heinrichs Augen sah ich es begehrlich aufblinken. Er nahm. Erwin nahm. Ich nahm. Alle nahmen. Und wie Horst dem Spender schließlich Feuer anbot, das hatte nach all dem etwas betont Serviles.

Lieber, großer Herrgott in deinem weisen Himmel! Warum ist es so schön, etwas in Papier gerolltes, brennendes Kraut im Munde zu haben und den schmutzigen Rauch davon zu saugen? Und warum ist es so schwer, einen Charakter zu beweisen? Warum läßt du uns die Gier so oft über das Gewissen setzen? Und warum wissen die Widerlinge dieser Erde so genau, wie sie uns mit Lust demütigen – mit etwas Raucherkraut das eine und etwas anderem das nächste Mal, noch etwas tiefer?

Lieber Gott, warum ist es so schwierig, ein anständiger Mensch zu sein?

TRAUER IN GRÜN

Dies ist geschrieben in redlichem Kummer: die Elegie um den gefällten Kastanienbaum.

Unserem Auge war ein kleiner grüner Ausblick geschenkt, wenn wir den Blick von der Arbeit nahmen. In dieser Stadt ein kleiner Garten, nicht größer als zwei große Teppiche, reines Grün des Rasens. Darauf stellten wir zur Sommerszeit ein paar fröhliche Gartenmöbel. Ein Sitzgärtchen, ausgespart in der bebauten Erde. Auf ihn kann ich sehen, wenn ich suchend den Blick von der Schreibmaschine nehme. Gleich dahinter eine mannshohe Mauer. Hinter ihr wieder allerlei Gesträuch, wild und ungezähmt. Und darüber schwang sich in allen Jahren zuvor der schiere Flieder.

Der ist nun gebrochen, gestorben. Ein Opfer des Krieges. Ein Werfereinschlag ging in seiner Nähe nieder. Und nun wird zur Fliederzeit nicht mehr der süße und betäubende Geruch aus Nachbarsgarten zu uns herüberwehen. Gut. Das war abgeschrieben und verschmerzt.

Aber die alte Kastanie. Sie stand jenseits der Mauer so tapfer und einsam und schützte unseren Blick gegen die wilde, ausgebrannte Ruine des Hauses. Früher kam von dort Licht und Gelächter zu uns. Jetzt Leere und gelegentlicher Brandgeruch. Trümmer. Die tägliche Kost des städtischen Auges.

Aber eben: davor stand bis gestern die schöne Kastanie. Ein landläufiger Baum wahrscheinlich. Aber wir liebten ihn. Sein Wachstum durch die Jahre war so deutlich in unseren Blick gekommen. Seine jährlichen Verwandlungen gehörten so genau in unser Leben. Und wenn er blühte und stolz und voll von den reinen Kerzen dastand, dann ließ er uns die Trümmer, die er abschirmte, vergessen und die Tatsache, daß wir in dieser Stadt wohnen. Hundert Meter dahinter schon donnert die Untergrundbahn in die Erde. Die Kastanie war schön.

Zweimal hatten wir sie vor Äxten gerettet.

Frierende Menschen waren gekommen und hatten Anstalten gemacht, den Baum zu fällen und zu töten. Hoh, da hatten sich die

Fenster unseres Hauses geöffnet und in vielen Stimmen war Protest und rettendes Geschrei über die Gartenmauer gegangen. Die Angriffe waren abgewehrt. Aber nun ist es nächtens geschehen. Ich war nicht zu Hause. Ich ahnte nichts. Und wie ich heute morgen aus meinem Fenster sehe und den Baum grüßen will und seine Geduld auf den Frühling, da geht der Blick ungehindert auf die verbrannte Ruine des Hauses. Der Baum ist zur Nacht gefällt. Er ist fort. Eine Lücke im Weltbild vorm Fenster.

Ein Baum ist gefallen. Ein spätes Opfer des Krieges. Ich will es beklagen. Und dann will ich ausgehen und erfragen, woher man für die kommenden Jahre einen blühenden Ersatz nehmen kann. Wir wollen die leere Stelle in unserem Weltbild wieder mit Grün und Leben füllen. Und mag es Jahre dauern.

Aber wie pflanzt man Kastanien?

EINE FRAU WEINT

Eine Frau hat geweint. Ich will's mir notieren. Es geschah gestern. Es geschah in einer Straßenbahn. Wir standen geduldig und dicht wie immer. Bedrängt von fremden Körpern und Lasten. Niemals haben wir das leidige Herdengefühl deutlicher, als wenn wir wieder einmal gestoßen werden, in irgendeine »Mitte durchzutreten«. Es war wie immer. An die Zeitung ist nicht heranzukommen, da man nicht Herr seiner Arme ist. So sieht man sich um. Gesichter, grau und wesenlos zumeist. Bis auf eine Frau dort. Sie weint.

Nun, das wäre nach diesen Jahren der völligen Trübsal kein Grund aufzumerken. Tränen – du gnadenloser Himmel! –, welche Ströme an Tränen sind wohl nicht geflossen. Frühere Geschlechter kannten die Tränenkrüglein, in denen das schmerzvolle Naß der Trauer aufgefangen und bewahrt wurde. Aber wie müßten die Krüge beschaffen sein, die Menge des feuchten Kummers einzufangen, der die Augen der Menschen verlassen hat in diesen Jahren. Krüge, Tonnen, Fässer, Bäche, Ströme.

Ein weinender Mensch ist keine Sensation und keine Seltenheit und kein Grund, wahrscheinlich, um hinzusehen und dem von der Wehmut Befallenen mehr als ein schnelles Augenmerk zu widmen.

Aber diese Frau war anders. Auch sie konnte die Arme in der Enge nicht rühren, umlagert von gedrängten und mißmutigen Menschen. Sie war keinesfalls schön oder auffällig. Sie stand da und weinte. Nur sonderbar: sonst verzerren sich die Züge der

Menschen unter der Trauer. Sonst drückt sich ihr Gesicht unter dem Zucken des zutage tretenden Schmerzes leidend zusammen, wird haltlos, wird häßlich. Man sieht fort, fühlt Peinlichkeit vor so viel Offenheit der Trauer, man ist betroffen. Aber diese Frau wurde frei unter Tränen.

Wenn man in Abständen zu ihr hinübersah, und das mußte ich fast wider Willen, konnte man staunend erkennen, welche tröstende Kraft den salzigen Tropfen der Trauer innewohnt, die das menschliche Auge im Schmerze verlassen. Sie weinte haltlos, die Frau. Sie gab sich ihrem anonymen Schmerz im Gedränge einsam hin. Und sie wurde sonderbar frei und schön dabei. Die Krämpfe des Schluchzens lösten sich. Sie wurden seltener. Ihr Atem ging freier und tiefer. Und ein neuer Glanz kam in ihre halboffenen Augen. Ihr Gesicht wurde Ausdruck und Medium ihres Leidens. Sie hatte geweint. Und jetzt lag zutage, daß hinter ihrem unauffälligen Gesicht ein Schicksal verborgen war. Jetzt war abzulesen, daß auch sie eine Seele trug. Der graue Vorhang, der das Eigentliche der Menschen landläufig verbirgt, war fortgezogen für Sekunden. Ein menschliches Gesicht in Trauer. Es war schön.

Tränen können für Sekunden einen Menschen schön machen und wesentlich. Eine Frau hat geweint. Ich will's mir notieren.

DER PHILANTHROP

Der erste, an den ich höflich herantreten wollte, schrie kurz auf und rannte vor mir davon. Das wurmt. Ich war verloren und verlassen. Dunkel war's. Es regnete, wie es täglich regnet in diesem wirren Februar. Ich war in einen vergessenen Ausläufer dieser Stadt gefahren, um Erich zu besuchen, der da eine neue und sehr abseitige Heimstätte gefunden hatte. Der Besuch war oft aufgeschoben und lange überfällig. Man hatte mir den verzwickten Weg auf ein Blatt Papier gezeichnet. Aber das Papier lag nutzlos daheim auf meinem Schreibtisch. Und nun stand ich hier in der feuchten Dunkelheit, verloren und verlassen wie das Kind im Märchen.
Stadtränder haben ohnehin etwas Melancholisches und Ungeordnetes. Da verläuft sich die Straße im Sand, gesäumt von ein paar Schrebergärten. Den Konturen der Stadt ist etwas verdorben Dörfliches angeklebt, und ohne Übergang tritt man in einen dünnen und stocherigen Kiefernhain. Es regnet. In der Ferne bellt ein böser Hund. Es ist dunkel. Man ist hier fremd und verloren. Ein-

samkeit überkommt einen in solch trüber und hilfloser Dichte, daß man meint, aus der Welt, in der Licht sein kann und Lachen, weit hinausgeworfen zu sein.

Und die erste wandernde Silhouette, die ich um Hilfe und Wegweisung anging, schrie und entfloh. Der Mann fürchtete sich wahrscheinlich, er mochte seine Erfahrung haben. Ich wartete weiter auf eine fühlende Brust, die sich im feuchten Dunkel nähern sollte.

Dreimal kamen eilige Menschen, aber unwirsch alle und ohne Kenntnis der vorstädtisch-verzwickten Geographie. Sie knurrten und eilten weiter. Ich schlug einige Male das Feuerzeug an, um Wegweiser zu suchen, bis auch das nicht mehr brannte. Jetzt hätte ich den Weg zum Bahnhof zurück auch nicht mehr gefunden. Ich stieß Flüche ins Dunkel.

Da zeigte sich ein Licht. Es kaum aus einer Laube. In der Not meiner Verlassenheit kletterte ich über einen Zaun. Ich klopfte an die Tür, wartete und war böser Worte wegen der nächtlichen Störung gewärtig. Ein alter Mann trat hervor. Er bat mich herein, und als ich ihm meine Not geschildert hatte, zeigte es sich, daß ein guter Mann in dieser Laube wohnte. Er war nicht davon abzubringen, die Stiefel mühevoll an seine alten Füße zu ziehen. Er nahm seinen Mantel über, suchte und fand seinen Regenschirm und ist dann kreuz und quer mit mir durch die feuchte Dunkelheit gewandert, aus der warmen Helligkeit seiner Laube hinaus in diese verlassene Nacht. Er hat mich schließlich vor Erichs abseitiges Haus gestellt, und ich habe versucht, ihm zu danken. Wie hätte ich sollen; so konnte ich nur Gott bitten, es ihm zu vergelten. Ich selber sah mich außerstande. Die hilfreiche Seele unter dem Schirm verschwand wie selbstverständlich im Regen.

Merke: erstens – nicht ratsam ist es, bei Nacht ohne genauen Weg in fremde Vorstädte zu treten.

Merke: zweitens – Menschen können auch gut sein.

SPAZIERENGEHEN

Spazierengehen, welch tröstliche Beschäftigung! Zugegeben: die eigene schöne Seele spazierenzuführen die Bäume der Straße entlang, mit dem eigenen klopfenden Herzen allein zu sein, zu betrachten, zu sehen, zu denken – das dünkt die Schnelligkeitsfreunde und Beschäftigungsfanatiker dieses Jahrhunderts nur Zeitvergeudung und Rentiersallüre. Den Abendwanderer ficht das nicht an; denn wer spazierengeht, hat das eigentliche Tempo des denkenden Menschen. Die, welche unseren Körper heilen und kennen, sollten einmal untersuchen, woher es kommt, daß ein müßiges Schreiten, ein zwangloses Gehen so befruchtend auf die Funktionen des Gehirns wirken kann. Die Alten kannten den Segen des ziellosen Gehens gut; eine ganze Schule von Philosophen nannte sich Peripatetiker; die welche spazierengehen. Und ein nicht ganz unbekannter Denker aus Königsberg, Professor der Weisheit, war Erzspaziergänger, so pünktlich und immer wiederkehrend, daß die wackeren Bürger in ihren Fensterrahmen ironischerweise die Uhren nach dem passierenden Denker stellten. Mit Kants Vorübergehen war es fünf Uhr dreißig. Sie blickten ihm nach und lächelten: »Der Mann hat Zeit!« Was wußten die Guten!

Beargwöhnt die nicht, die einsam vor dem Abendbrot noch durch die Straßen wandeln! Es stünde besser in der Welt, wenn wir es alle mit Bedeutung täten. Wer spazierengeht, ist ausgeruht im Geiste. Wer leise pfeifend durch die Schrebergärten gebummelt ist, hat keine böse Laune, wenn er daheim den Hut an den Haken hängt. Er kommt ruhig nach Hause. Die Welt ist im Lot.

So gehen sie auf vielen Straßen dieser Erde. Sie blicken geruhig nach den Wolken und kosten das bewegliche Alleinsein, oder sie halten den Blick gedankenvoll auf die Erde gerichtet und spüren geistigen Dingen nach. Manchmal schwingen sie übermütig einen Stock in der Hand. Und wollen sie einem guten Freunde eine Auszeichnung zukommen lassen, so nehmen sie ihn mit und schweigen mit ihm einmal um das Häuserviertel, oder sie geraten unversehens in alle Tiefen des Gesprächs.

»Wenn ich nur bis ans Ende der Gasse gehe, so ist es mir in den Tod zuwider, wenn ich nicht klüger zurückkehre, als ich ausgegangen bin.« Oh, edler Yorck, du kanntest das auch!

Laßt den Nutzen der philosophischen Gangart nicht den töricht Verliebten und den gebeugten Pensionären allein. Zu den ausgesuchtesten Genüssen des denkenden, fühlenden Menschen rechnen die stillen Wonnen des Spazierengehens.

WEINEN VOR GLÜCK

Wie das pure Schicksal in dieser Zeit so oft und unvermittelt in unsere Stube tritt! Vorhin war es wieder bei mir. Es klingelte. Die Nachbarin trat ein, tränenüberströmt das Gesicht, aufgelöst und lachend, taumelnd vor Glück, haltlos vor Freude: sie hielt eine Karte in der Hand, ein ganz unscheinbares Stück festen Papiers. Aber mit den wenigen Worten, die darauf geschrieben waren in einer ihr vertrauten Schrift, war ihr Leben plötzlich herumgeworfen und wieder sinnvoll geworden. Ihr Mann hatte geschrieben. Seit Stalingrad vermißt gemeldet und verlorengegeben, jetzt lebt er. Er schrieb.

Sie konnte nichts, als mir die Karte hinhalten, daß ich sie läse, und dann hat sie sich auf meinen Sessel geworfen und hat nur geweint, lange und innig, und es war, als ob sich mit den Tränen die Last langer Einsamkeit von ihr löste. Ich saß hilflos dabei und fand keine Worte, die sie in ihrer Freude hätten erreichen können. Sie weinte vor Glück.

Das haben wohl wenige Generationen vor uns gehabt, das Schicksal so nah und deutlich an der Haut – all die Jahre hindurch. Sind unsere Väter so durch die Dunkelheit der Lüge und des Irrtums gegangen? Ist ihr Leben so oft verloren gewesen wie unseres? Haben sie so bewußt und so hartnäckig immer wieder staunend angefangen wie wir, wenn wir den tückischen Druck eines Tages überlebt hatten, wenn wir vor Empörung oft innen zerbrechen wollten, wenn wir sahen, wie Männer unserer Sprache Unrecht auf Unrecht schichteten? Wenn unsere Häuser brannten. Wenn uns das Nächste blutend aus dem Herz gerissen wurde. Wenn wir den Hunger sahen bei uns und neben uns. Wir wissen, was Lüge ist, was Einsamkeit, was Verbrechen, was Elend, was Sorge, weiß Gott!, und was Not in jeder Gestalt an Körper und Geist.

Seit ich die glückselig weinende Nachbarin mit ihrer kleinen Karte auf meinem Sessel weinen sah, weiß ich wieder besser, was ausharrende Liebe ist und die umstoßende Kraft des Glücks.

Schicksal – wir haben davon in den wenigen Jahren mehr gehabt, als Generationen von Dichtern brauchen können, um erregende und wichtige Bücher damit zu füllen. Thomas Mann sagte einmal, ein Dichter sei nicht der, der Dinge erfindet, sondern der andere, der sich »etwas aus den Dingen macht«.

Da liegt es wohl. Daß uns nun Zeit gegeben ist, zu ordnen, Lehren zu ziehen für unser eigenes Leben und uns alle. Zu finden, was das dichte Schicksal meinte, als es so ohne Gnade und so beharrlich immer wieder auf uns zeigte.

Zu lernen beispielsweise aus dem kleinen Umstand, daß eine verlassene junge Frau nun auf unserem Sessel sitzt in unserer Stube und weint vor Glück. Die Lehre zu ziehen, daß nichts umsonst ist und sinnlos. Man sollte sich viel Zeit nehmen, darüber nachzudenken.

SCHLÄFER

Seit heute morgen sieben Uhr fünfzehn ist man da, ist wach, ist offen und voll quicken Lebens. Und achtzehn Stunden später endet unser Tag. Ein Glück steht uns bevor. Denn wenn es ein Glück ist, seine Hände an die Arbeit zu legen und der Welt ein Tagewerk hinzuzufügen – ein anderes ist es, die Hände müde auf einer leinenen Decke zu falten und der täglichen Erlösung zu harren von aller Last und allen kleinen Übeln, zu schlafen und vielleicht zu träumen.

Es gibt die Pedanten der Nachtruhe. Den Wecker gestellt. Ein Glas Wasser am Bett. Sie liegen da wie aufgebahrt. Das Fenster ist wie stets zum gleichen Spalt geöffnet. Die Pantoffel ausgerichtet vor dem Bett. Das Licht gelöscht, und weg sind sie und erwachen, wie sie eingeschlafen waren, nicht ärmer und nicht reicher.

Ganz anders die Romantiker des Schlafes. Er hält sich nicht an eine festgelegte Lage. Mal liegt er auf der wachen Herzensseite und strapaziert dabei den kleinen Lebensmuskel in der Brust. Mal wirft er sich mit frohem Stöhnen auf die andere. Mal läßt er seinen Rücken alle Liegearbeit tun, verschränkt dabei die Hände lustvoll hinterm Kopf. Dann wieder seufzt er im Schlafe leise auf, als hätte er mit geschlossenen Augen Abenteuer zu bestehen. Oder er zuckt plötzlich und macht eine Bewegung, als wollte er einen bösen Gedanken von sich schieben.

Das sind die, denen Träume kommen bei der Nacht. Sie rekeln sich noch schnell und loben sich den Tag, weil er dies Ende hat, dies gute Ende, daß man auf der Matratze liegen kann, in zwei große Leinentücher eingelassen. Die Sinne schwanken schon. Die Welt löscht aus. Pst! Keinen Laut! Ein Mensch will schlafen.

Vielleicht huschen noch die Schatten einer Sorge über ihn hin. Jetzt nicht! Er schiebt sie gähnend von sich. Die Nacht bringt Rat. Wie oft hat er nicht das erfahren.

Komm, süßer Schlaf ...! Gott schütze alle, die ausgeschlossen sind für Stunden von dem dunklen Rausch, in dem sich unsere Natur erneuert. Die vor verschlossenen Toren stehen zu dem Reich, das alle gleichmacht, alle Nöte aufhebt, wo Träume sind und völliges Vergessen. Gott schütze alle, die nicht schlafen können.

Wir aber, die der Schlaf nicht meidet, wir im Glück der Nacht, wir wollen heute abend nicht entschlummern, ohne dem Himmel Dank gesagt zu haben für die in müder Lust geschlossenen Lider. Für unseren Schlaf, das weiche Land der Nacht.

LÄRM AUS DER KISTE

Als wir gerade im Begriffe waren, warm zu werden, als die Teetassen auf dem Tisch standen, als sich in freundschaftlicher Rede und Gegenrede so etwas wie ein Gespräch erheben wollte, meinte die gute Hausfrau ein Ihriges zu tun, den Nachmittag schön und gemütlich zu machen. Sie ging und stellte das Radio an.

Und plötzlich war einer mehr im Zimmer, und alles war anders. Das gute Gespräch, das sich eben so freundlich erhoben hatte, ging zur Tür und hinaus. Und zurück blieben nurmehr vier Menschen ohne Zusammenhang, verbunden notdürftig durch ein brüchiges Stückchen Konversation, und daneben ein Radio mit einem munteren Potpourri »Aus Waldteufels Wunderreich«. Das gute Gespräch stand draußen und fror.

Bis ich die freundliche Hausfrau bat, es wieder hereinzulassen und dem Radio den Mund zu verbieten. Und siehe, sobald die munteren Töne die Stube verlassen hatten, trat schon das Gespräch unversehens zur Tür wieder ein und blieb bei uns für zwei freundliche Stunden, durch keinen Waldteufel mehr vertrieben.

Nun – nichts gegen den guten Willen der Hausfrau. Aber alles gegen den gedankenlosen Griff ihrer Hand an die Unterhaltungsmaschine. Und nichts gegen die Musik, und nicht gegen den zauberhaften Umstand, daß wir sie uns mit Hilfe eines Drahtes rein aus der Luft greifen, durch ein paar Lampen und Röhren jagen, durch einige wirre Drähte schleusen, um sie in unserem Zimmer zu haben. Man ist nicht von gestern. Und ein Chopin allein und mit Andacht und Vorsatz in unsere einsame Stube geladen, ist kein schlechter Genosse, weiß Gott.

Aber der Griff, der nervöse, zum Schalter des Wohlklangs – was vertreibt er nicht alles. Wie man einen Wasserhahn aufdreht, und nun läuft es und ist ohne Auswahl und Ende: Beethoven, Jazz und Lieder, Gelächter, Vorträge, Geigen – es rinnt in die Stuben. Es tropft unaufhörlich. »Unaufhörlich«, das trifft es, denn es hört nicht auf, und keiner, der wirklich darauf hörte. Der dauernde Wohlklang schlägt uns taub.

Ich erinnere mich, wie nach der musikalischen Fastenzeit der Wochen um das Kriegsende zum ersten Male wieder Strom in unser Radio kam und eine Fuge von Bach hervorschwoll. Damals hatte ich, von dem ungewohnten Wohlklang betroffen, Mühe, die puren Tränen zurückzuhalten. Musik. Es hätte nicht viel gefehlt, man wäre in Schluchzen ausgebrochen wie eine wehleidige Jungfrau. So ausgetrocknet, so durstig nach Trost aus den Tönen war man.

Seitdem gehe ich oft, wenn ich in fremden Stuben die singende Unterhaltungsmaschine im Gange finde, verstohlen nach draußen und sehe, ob sie wirklich mit Sinn und Gedanken bedient ist, oder ob sie nur lärmt und das Eigene vertreibt. Ich sehe mich vor den Türen um, und ich finde da oft: Gespräche, die frieren. Eine Nachdenklichkeit. Gute Worte, die niemals zu Wort kommen.

Ein jeder sehe vor seine Tür!

MEINE BILDUNG IST WEG

Der Anlaß war beschämend genug: mein Reifezeugnis war verschwunden, das gestempelte Papier, welches mir die Allgemeinbildung testiert und die Tatsache glaubhaft macht, daß es Zeiten im Leben gab, in denen man eine Gleichung zweiten Grades zu lösen imstande war, den Plutarch in der Ursprache zu buchstabieren und über den Verlauf der Punischen Kriege Auskunft zu geben.

Der Zettel war weg. Die Bildung ist fort. Es nutzte kein Zagen. Hinein in den Schreibtisch. Das war vorgestern. Und da bin ich noch heute. Ich fördere Papiere zutage. Ich beiße mich in alten Briefen fest. Ich schüttele den Kopf über die superklugen Sprüche, die ich in meiner wilden Jugend zu Papier gestoßen habe. Mich kommt Rührung an, wenn ich Ellas erste unbeholfenen Zeilen auf Papier lese. Mich befällt Ingrimm, sehe ich an Hand vergilbter Verträge, wie sich geldfreudige Verleger meinen ersten Eifer auf der Schreibmaschine händereibend zunutze gemacht haben. Ich werde rührselig über alten Photos, die mich in manchen Breiten Europens zeigen, das Gesicht optimistisch und füllig, den Arm um manchen lieben Menschen gelegt. Wo ist der jetzt?

Ich verfolge, wie sich mein Lebenslauf dann in einem besonderen Fach der Bescheinigungen verheddert. Ich sehe, wo ich überall schon gemeldet war. Was für Beiträge man nicht alles von mir eingetrieben hat. An wieviel Stellen ich mich registrieren mußte, um mein belangloses Stück Leben fristen zu können. Eine Mauer von Papier. Ein Wall von Festlegungen. Ich zerreiße melancholisch ein schön geschmücktes Blatt, auf dem mir testiert wird, daß Unfall, Feuer, Hagel, Krankheit, Tod mir nichts anhaben würden. Ich sei versichert gegen jede Unbill des Lebens. Ich war versichert. Man denke!

Auch der Tod, der normale, war einkalkuliert. Ich zahlte nachweislich monatlich meine Verbrennung im voraus ab.

Und die Melancholie schwindet über der aggressiven und langwierigen Korrespondenz mit dem Finanzamt. Ich stoße auf ein graues Heft, in dem ich meinte, die Welt noch mühelos in Aphorismen aufteilen zu können, und daß der Mensch gut sei von Anbeginn. Wie jung man doch war! Und daneben der alte Reisepaß, bedruckt mit den Zeugnissen mancher Ausschweifungen in die Welt. Die Tage unter fremden Sternen. Wie glücklich man war!

Freunde, so euch der Schreibtisch erhalten ist, der Ort, in dem sich das Leben des Menschen dieses papiernen Jahrhunderts so deutlich ablagert: – nehmt euch die Mühe, steigt hinein zuweilen und wühlt im eigenen Imperfekt. Ich bin noch dabei.

Nur: das Reifezeugnis ist nirgends zu finden. Meine Bildung ist weg. Hat sie jemand gesehen?

DER SCHMÖKER

Ich habe mir die Nacht um die Ohren geschlagen. Nicht, was Sie denken. Ich habe geschmökert. Goethe steht nach wie vor im Regal und wird langsam staubig. Nicht nach Jean Paul griff die Hand. Nicht nach Vater Claudius stand der Sinn, nach Schopenhauer nicht und Lichtenberg.

Die Lesewollust kam aus dem Wäscheschrank, wo man dergleichen schamhaft verbirgt. Ein lotteriges Heft. Ein rötlicher Umschlag, quer darüber gedruckt: »Wer schoß zuerst?« Das ist die Frage, die mich nicht losließ. Ein Kriminalroman. Ich sage es offen.

Es ging darum, daß ein Erfinder tot aufgefunden wird in seinem Zimmer, die Kugel in der Schläfe. Und nun begann es: War es der Assistent mit dem Doppelleben? War es das rosa Mädchen aus der Bar? Ganz anders gefragt: Wie kommt der Coltrevolver auf den

Schreibtisch? Und welche Rolle spielt der Hauswirt? Er müßte doch den Schuß vernommen haben. Und warum leugnet er? Und endlich: Wie ist der Zettel in der Hand des Toten zu verstehen, der Zettel mit den vielen wirren Zahlen, und unvermittelt steht darunter: »Vorsicht!«?

Im Grunde natürlich ein moralischer Skandal: Die Welträtsel sind alle ungelöst. Die Bücherschränke stehen voller Dichtung. Die Frage, woher die Kartoffeln nehmen in nächster Zeit, ist ungeklärt. Die Welt stöhnt von den Fragen und Problemen. Und an jeder Ecke stolpert man über Grundsätzliches.

Aber da liegt man, schmökert und bekommt rote Ohren davon, ob der fiktive Erfinder ein Opfer der Erpressung war oder nur Selbstmord verübte. Ein Skandal! Und doch: wer's kennt und weiß, welch sonderbare Stärkung aus solchen Reißern an der Spannung kommen kann, verzeiht. Man treibt im Geiste Spätgymnastik. Man hangelt an der Kletterstange des Problems. Unsere Geduld wird immer neu geschunden, die Menschenkenntnis wird arg mitgenommen, und das Gedächtnis wird erprobt.

Eins ist, auf den Höhen der Menschheit zu wandeln und die Dichter zu hören. Ein anderes aber ist, verstohlen in den Wäscheschrank zu greifen und sich die Entspannung aus rigoroser Spannung zu holen. Befreiung von uns selbst und unseren Tagessorgen durch unbedenkliche Häufung von Schreck, Schuß und reißerischer Handlung. Wer gekostet hat vom heimlichen Vergnügen am wirklich guten Kriminalroman, wo alles sitzt, wo keine Lücke ist, wo uns die Spannung durch die Seiten jagt, wo der Verstand vom Kombinieren und Vermuten Blasen kriegt – der wird den ersten Stein nicht auf Urbanus werfen.

Alles hat seinen Rang und seine Sphäre. Es sind für den trägen Geist die schlechtesten Stunden nicht, wenn er massiert wird und durchlüftet für kurze Zeiten der massiven Spannung. Und ist sie vorüber, ist das Laster gestraft, bleibt nur die eine Frage: Wer borgt uns jetzt den nächsten guten Kriminalroman?

HERR OLGERS

Jeden Morgen steigt Fortuna über die Trümmer unseres zerbrochenen Stadtviertels. Ich höre die Schritte vor dem Tor und auf den Steinen hallen. Früher konnte ich durch einfaches Aufheben des Kopfes aus dem Fenster blicken und den Anmarsch des Schicksals beobachten. Jetzt kommt das Tageslicht nur noch diffus an meinen Schreibtisch. Die Fensterrahmen tragen keine Scheiben, sie tragen Drahtglas und sind kurzsichtig geworden. Ich bin also nur akustisch wachsam. Ich höre die Schritte Fortunas genagelt vor meiner Tür und dann das viermalige Pochen. Tatata – ta.

Ich nehme die Schreibmaschine von den Knien und eile, dem Schicksal in den Rachen zu fassen, ein kleines, taumeliges Gefühl der erwartenden Hoffnung im Kopf. Vielleicht heute! Vielleicht, daß das pure Glück Einlaß heischt. Vielleicht, daß die Liebe zu mir will. Vielleicht ein alter, guter Ruf der Freundschaft. Vielleicht, daß einer, den ich längst verloren gab, mit dem klopfenden Schicksalsmotiv sich anzeigt ... Ich drücke die Klinke, und Herr Olgers steht da. Der Briefträger, und er wühlt in dem ledernen Füllhorn.

Das, Mitbürger, ist ein wahrhaft philosophischer Moment, die Schicksalsouvertüre des Tages, ein langer, positiver Augenblick der Spannung. Bis vor kurzem war Fortuna tatsächlich weiblich und nett anzusehen und hieß Fräulein Enders und trug die blaue Mütze modisch gewinkelt auf einem angenehmen Lockenkopf. Herr Olgers gibt sich mehr beamtlich, aber auch er hat das Hinhaltende, das Augenzwinkernde, die freundliche Selbstüberschätzung des einfachen Überbringers. Er tut, als hätte er Einfluß auf den Inhalt der ledernen Tasche. Er wühlt und brummelt, und man selber steht da und erwartet seinen Spruch aus der Welt, tut gelassen, aber zittert ein wenig: denn noch rollt das tägliche Schicksalsroulett, noch steht alles auf Gewinn und Verlust. Dieses Tägliche, taumelige Erwartungsgefühl, diese süße Unsicherheit in der Magengegend. Mit Herrn Olgers und seiner Ledertasche greift die Welt nach uns, jeden Morgen neu. Und ein Klotz, wer da ohne Erregung bleibt.

Denn könnte nicht Ella tatsächlich schreiben und sagen, wie leid ihr alles tut? Könnte nicht ein Kenner unser Talent entdeckt haben und einen zügigen Vorschuß schicken? Könnte uns nicht jemand Bekanntes schreiben, daß in seiner Ecke der Erde die Welt gut ist und sicher und still? Oder – und hier muß man sich unversehens am Türpfosten festhalten – könnte der Schicksalsbote nicht ein 400-Gramm-Paket aus dem ledernen Füllhorn hervorziehen? Und dann wären Erbsen darin oder etwas zum Rauchen? Der Möglichkeiten sind viele. Und das Glück hat zahllose Farben.

Jedoch – »Wir sind der Knopf nicht an Fortunas Mütze«. Wenn Herr Olgers unsere Phantasie so süße Blasen hat treiben lassen, zieht er bestimmt gelassen einen amtlichen Brief hervor, die fällige Mahnung der Müllabfuhr. Und wie alles in diesen Tagen ist sie zudem noch unterfrankiert, und achtzehn Pfennig sind fällig. Man weiß, was man dem Schicksal schuldig ist. Ich gebe zwanzig und winke ab in meiner urbanen Art, wenn Herr Olgers sich zum Herausgeben anschickt.

Das Herz klopft wieder langsamer. Eine Tür schließt sich, und die Stube ist plötzlich ohne Erwartung. Fortuna zieht weiter. Das Glück ging vorbei. Bis auf morgen!

SCHLANGESTEHEN

Die Schlange vor dem Kaufmannsladen ist das große Fragezeichen, mit dem die verwirrte Wirtschaft vor dem Kleinverteiler endet. Und das Schlangestehen ist die Geduldsübung des zwanzigsten Jahrhunderts. Brot, Fleisch, Zeitung, Fahrkarte, Sockenhalter, Brennholz, Rasierpinsel – nichts, in das sich heutzutage nicht eine ausgewachsene Menschenschlange von mindestens zwanzig Personen festbisse.

Des Leibes Nahrung und Notdurft kann nur über die melancholische und hemmende Hürde solcher langgezogener Menschenansammlung, die sich unendlich langsam vorwärtsschiebt, genommen werden. Die Schlange ist das Fragezeichen der verwirrten Wirtschaft.

Diogenes ging auf den Markt, dort suchte er den Menschen und sein Gespräch. Urbanus tritt in die Schlange.

Vorn ist sie vergleichsweise erträglich und optimistischer Stimmung, denn dort haben die Schlangenglieder schon den Ausblick auf die nahe Ware. Sie sichten schon das Kleingeld und sind voll freudiger Erwartung. Das macht verträglich und verbindet. Der Kopf der Schlange ist ihr positives Ende, nahe der Erfüllung und der Auflösung. In ihrem Schwanz zu wohnen, ist weit mißlicher; und den letzten beißen die Hunde. Es kann noch so viel geschehen. Die Ware geht aus, und die herrlichste Schlange, in Stunden beharrlich geformt, fällt murrend auseinander. Oder es geraten vor Langeweile die Temperamente miteinander in Streit. Und nun

Mit seiner Frau Heide, 1945

schlichten, Partei ergreifen, Ruhe schaffen. Nur wer schon Schlange stand, weiß, was man leidet.

Oder plötzlich schiebt sich die immer wiederkehrende Gestalt nach vorn, jener Mann, der behauptet, nur einmal eben fort gewesen zu sein. Dort vorn habe er gestanden. Und nun auf ihn! Und ihn an den Schwanz verwiesen. Oder es kann geschehen, daß man unglücklicherweise neben einem notorischen Schlangenekel Aufstellung nimmt, einer jener unerschöpflichen Plaudertaschen, die uns mit ihrem Gespräch bespritzen. Oder – der Himmel schütze uns – wir geraten an eine jener Typen, die uns über Gott und die Welt belehren will, so klug, so überheblich, so selbstgefällig. In jedem dritten Deutschen ist ein Oberlehrer verborgen; der will pauken.

Das Gerücht hat seine Heimat in der Schlange. Das wispert und eilt von Geschäft zu Geschäft. Hier ist die Brutstätte, hier wird aus Langerweile vergrößert und langgezogen. Hier in der Schlange.

Und hier in der Schlange habe ich schon Freundschaften sich anbahnen sehen. Und Liebe. Zwei Menschen, Hand in Hand, so rückten sie langsam zur Schlächterbank auf. Sie sagten nichts. Sie sahen sich an und drückten sich heimlich die Hände. Die Schlange als Glück.

So hat sie viele Seiten, und man könnte sie feuilletonistisch noch beliebig in die Länge ziehen. Aber vielleicht genügt der Hinweis, manchen Menschenfreund nun mit vollerer Bedeutung und größerer Neugier am Nebenmann in die nächste Schlange treten lassen. Hier wohnt die Leidenschaft und Ungeduld der Menschen unserer Tage. Die Schlange als philosophischer Ort. Verachtet sie nicht allzusehr!

LENZ – OHNE MICH

Gestern war Frühlingsanfang. Der freundliche Zeitungsleser, zumal wenn er im Abonnement ist, hat ein Anrecht darauf, diesen Umstand feuilletonistisch angemessen gewertet zu finden. Er darf füglich erwarten, daß eine wohlklingende Begrüßungsrede auf die Schönheit und Kraft der jungen Jahreszeit intoniert wird. Er will hören vom ersten Krokus im städtischen Vorgarten. Er will beobachten, wie einer mit vollen Akkorden in die Schreibmaschine greift und mit schönen Worten die lauen Lüfte, die weichen Gefühle in der Brust und das poetische Phänomen des Frühlings würdig benennt. Denn welches Thema wäre dichterischer? Wann wieder ist man so herzlich bereit, die Welt zu umarmen, die Kohlennot der letzten Monate zu vergessen, Blumen auf den Tisch zu stellen und Ella zu lieben?

All diese saisongebundenen Empfindungen wird der geneigte Leser am Tage nach Frühlingsanfang füglich finden wollen.

Aber Urbanus bedauert, ihm eins husten zu müssen. Er hat schon am zweiten Tage des Frühlings die Nase voll. Er trägt aus altem Aberglauben den linken Wollstrumpf um den Hals. Er röchelt und krächzt höchst unpoetisch. Mit dürren Worten: er ist erkältet.

Da hat man sich wacker durch den gefürchteten Winter geschlagen. Bei grimmigster Kälte noch hat die Konstitution widerstanden. Als der Frost gegen die Fenster schlug, zeigte sich keine Anfälligkeit. Aber jetzt erwischt es einen. Jetzt, da man gesonnen ist, aufzuatmen, verweigert die Nase den kleinen Dienst und verlangt nach dem Taschentuch. Die linden Lüfte werden als lästiger Zug empfunden, und es resultieren böse Nieser. Der Kopf, der schöne Gedanken des neuen Lebens und des Lenzes denken sollte, ist dumpf und voll und schmerzt und will nur Schlaf.

Im Grunde natürlich ein Zivilisationsskandal. Wir können mit Schiffen unter die Meeresoberfläche gleiten. Wir vermögen mit der

Stimme in den Äther zu sprechen, so daß uns die Gegenfüßler hören können. Ein ordentliches Flugzeug braucht von London nach New York nicht einen Tag. Bomben sind erfunden, die ganze Landstriche entfernen können. Und letzthin ging man so weit, den guten, dummen Mond mit Radiosendungen zu belästigen. Was könnte man nicht?

Aber einen Schnupfen beseitigen – dazu hat es bisher nicht gelangt. Tritt man mit voller Nase und mit roten Augen vor einen Mann, der Medizin gelernt hat, der, ohne mit der Wimper zu zucken, gegen Pest, Cholera und alle Leiden antritt – vor einem Schnupfen kann er nur die Achsel zucken. Ohne Behandlung währt er vierzehn Tage, sagt er. Und mit Behandlung nur zwei Wochen. Man schickt sich drein und schüttelt den schweren Kopf.

Der Frühling trat über die Schwelle. Ohne mich. Eine Chance der neuen Lebensfreude geht vorbei. Ohne mich. Der Lenz ist da, und Urbanus, der ihn mit offener Brust begrüßen wollte, trägt den Hals mit dem linken Wollstrumpf gepanzert.

Weiß denn wirklich keiner ein Mittel gegen Schnupfen?

ALLES NEU

Der Nachhilfeunterricht über die Entwicklung der menschlichen Zivilisation ist uns gründlich erteilt worden. Im vorigen Mai begann er ab ovo. Wir lebten wie die ersten Menschen. Wenn Wasser gebraucht wurde, so schulterte man die Eimer und setzte zu einem Fußmarsch an die nächste Quelle an. Dort standen wir mit den Weibern am Brunnen. Das Wasser rauschte, und die Gespräche flossen.

Wollten wir das Wasser kochen, so hieß es unter drei improvisierten Steinen Feuer schlagen und im Vorgarten sozusagen den Urherd bedienen. Es war wie bei Winnetou. Und so waren wir gezwungen, mit den Spatzen unser Lager zu beziehen, denn es gab kein Licht.

Dann sprach sich herum, daß in einem fernen Vorort plötzlich wieder elektrisches Licht stattfand. Man eilte hin, man staunte und genoß: ein Schalter an der Wand; man drehte daran, und schon stand der finstere Raum in Licht geschüttet. Edison kann nicht so beglückt und erstaunt gewesen sein, als er Licht aus einem Draht herstellte, wie wir es waren, wenn wir das Angesicht staunend und dankbar gegen die Birne erhoben.

Und wiederum sprach sich herum, daß in einigen Kellern Wasser aus Hähnen in der Wand zu rinnen begann. Man drehte einen Hahn, und Wasser schoß hervor. Unglaublich! Man ging es zu sehen. Und erst der Schrei des Entzückens, als es im eigenen Hause aus der Leitung sickerte! Alles neu. Alles von vorn.

Der Spaß erst, als das Radio wieder lief. Stimmen plötzlich im Zimmer, die uns die neuen Zeitläufte erklärten. Und Radio London war zu hören, ungedrosselt.

Gas kam und löste den Urherd im Vorgarten ab. Die Straßenbahn wurde erfunden und fuhr zwischen Trümmern. Das Leben wuchs langsam zu. Die Welt bemächtigte sich wieder der Bequemlichkeiten, die sie mit Scharfsinn und Erfindergeist sich in Jahrhunderten geschaffen hat. Der Lehrgang dauerte ein Vierteljahr, und er war gründlich und nicht ohne Schweiß.

Gestern nun erhielt ich die letzte Lektion: zwei Männer traten herein und schoben mir das trojanische Pferd der Zivilisation ins Zimmer, das Telephon. Eine Bresche in meine Einsamkeit, ein Bruch in der Freiheit meines Zimmers. Ein Danaergeschenk des zwanzigsten Jahrhunderts. Bis gestern noch flogen kleine blaue Briefchen zu Ella, galante Billette wie in alter Zeit. Heute abend werde ich müde den Hörer heben und sie mit halber Stimme meiner Zuneigung auf Draht unverbindlich versichern. Bis gestern mußte man eine Reise tun, wollte man sich der Freundschaft Waldemars erfreuen. Umarmung und Gemeinsamkeit der Herzen, erkauft durch fast zwei Stunden Anmarsch und dadurch wichtig und bedeutend. Heute abend drehe ich mit der linken Hand sechs Zahlen, sage »Halloh« und habe ihn am Ohr.

Die Welt steckt ihren Finger der Neugier in meine Stube. Ich bin nicht mehr allein. Das Telephon bedroht die Stille der Gedanken. Wenn's funktioniert.

MR. KRICKS

Urbanus hockt mit untergeschlagenen Beinen am Ufer des breiten Zeitenstroms. Er wirft die Angel der Nachdenklichkeit aus und wartet geruhig ab, was ihm an den Haken der Betrachtung geht, kühl bis ans Herz hinan.

Er hockt am Zeitenstrom und hat gelernt, daß nicht alles, was Wellen schlägt, verlohnt, ans Ufer des Tages gezogen zu werden. Das Treibholz des Schicksals schwimmt vorbei. Eine alte Unke läßt Blasen steigen. Und ein paar aufgeregte Stinte huschen dicht unter der Oberfläche hin und her. Die wirklich fetten Hechte sind rar. Angeln ist die wahrhaft philosophische Daseinsform. Man scheint untätig zu sein und ist tätig. Man scheint unbeteiligt und hat doch die Augen offen wie keiner. Man ist wie eingeschlafen, und – schwupp – schwingt man die Angel heraus.

Urbanus zieht die Angel der Nachdenklichkeit ganz plötzlich aus dem Zeitenstrom. Laßt sehen, was hängengeblieben ist – diesmal.

Eine kleine Nachricht, eine Bagatelle, die unter dem »Vermischten« der Journale mitschwimmt und dort untertaucht. Die Mitteilung, daß über die Zukunft des Wetters kein Zweifel mehr sein kann: Mr. Kricks hat im Lande Amerika die Voraussicht, unsere Wetterlage betreffend, so verfeinert, daß er ohne Mühe und Fehler sagen kann, wie sich der bisher undurchsichtige Himmel zu Pfingsten beispielsweise benehmen wird. Und ob es zu Weihnacht regnet oder schneit, ist ihm schon heute nicht unbekannt.

Wer Kricks vertraut, kann sich schon jetzt für ein Jahr Haken im Vormerkkalender machen, an welchen Tagen man den Regenschirm in das Büro mitnehmen muß, und zu welchem Zeitpunkt Ella einem die leichte oder dicke Unterwäsche bereitzulegen hat.

Man wird zugeben, das ist tatsächlich etwas, das man redensartlich als ein »dolles Ding« bezeichnen muß. Das Klima ist durchschaut und kann keine Sperenzchen mehr machen. Wer naß wird, kann sich nicht mehr beklagen. Hätte er nur auf Kricksen gehört. Der warnte vor diesem Schauer schon vor einem Jahr. Und morgens braucht keiner mehr neugierig aus dem Fenster zu sehen. Man sucht nach der Zeitung von vor drei Monden und weiß, ob die Sonne draußen scheint oder nicht.

So weit die erstaunliche Nachricht. Aber, Mitbürger, ganz unter uns: ich bewundere Kricks, doch ich schätze ihn nicht. Daß sich der liebe Gott so von ihm in die Wetterkarten sehen läßt, alarmiert mich beträchtlich. Daß die Winde, von denen geschrieben steht, daß niemand weiß, von wannen sie wehen, ihm ein offenes Buch sind, will mir nicht in das Weltbild passen.

Was macht das Leben schön und erträglich? Die Illusion und die tägliche Hoffnung. Gewißheit schafft Langeweile. Weiß ich, daß mir ein Dauerregen von vierzehn Tagen bevorsteht, so schlägt das tödlich aufs Gemüt. Die schöne, dumme Hoffnung, daß es morgen besser wird, hält uns am Leben. Alle. Immer.

Urbanus macht Kricks und seine Erkenntnis vom Angelhaken der Neugier los, wirft beide zurück in den Zeitenstrom. Dann schwingt er die philosophische Rute wieder aus und wartet auf einen besseren Fang. Für nächstes Mal.

HABT ACHT!

Das Liebespaar stand gern im Gedränge. Gedränge gibt Vorwand zur Annäherung. Und Liebende wollen sich nahe sein. Sie übertrieben das Gedränge, wandten offen Gesicht zu Gesicht und redeten folgenden Dialog:

»Bist du mir böse?« fragte sie und drückte seine Hand.

»Unsinn«, sagte er, »was soll ich dir böse sein, Häschen?« Er pustete ihr sorgsam ein ungeordnetes Haar aus der Stirn.

»Weil du gar nichts sagst«, meinte sie und drückte beharrlich die Hand.

»Man braucht ja nicht immer etwas zu sagen«, beendete er den Dialog und drängte wieder ein bißchen. Sie standen selig beieinander, sie sahen Auge in Auge. Eine Insel des Glücks im Gedränge.

Man wird zugeben: der Gedankenaustausch, wenn sich überhaupt von einem solchen sprechen läßt, war ebenso dürftig wie blöde. Die Rede, die zwischen Liebenden geht, ist für den unbeteiligten Zuhörer immer dürftig und blöde. Liebende sind, tauchen sie öffentlich auf, lästig und stehen im Wege.

Nicht für Urbanus. Der behutsame Reporter des Herzens kann sich an Romeo und Julia im Gedränge nicht vorbeidrücken, ohne einige Nachdenklichkeit auf das Phänomen der Jahreszeit, die hilflose Zuneigung der Geschlechter zueinander, gewendet zu haben.

Für den gleichen schwachsinnigen Dialog geben die bösen Menschen in der Runde des Gedränges heute abend zwei Mark fünfzig aus, um ihn von einer Leinwand aus dem Munde hochdotierter Stars zu hören. Wenn Deana Durbin dergleichen spricht, weht im Parkett das Taschentuch, die weiße Fahne der Rührung. Im Gedränge, wo die Liebe für den Beobachtenden gratis stattfindet, murrt der unbetroffene Mitbürger und schubst Romeo und Julia zur Mitte. Wie ungerecht!

Denn daß es dergleichen noch gibt, ist überaus tröstlich. In vielen Breiten dieses Erdballs weht die Flagge der Empörung. Aus Oberammergau kommt eben die alarmierende Meldung, daß an die weltberühmten Spiele nicht zu denken sei: die Heilige Familie ist noch nicht denazifiziert. Das Brot für Europa ist noch nicht geschnitten und geteilt. An jeder Straßenecke türmen sich Probleme. Und auf dem Kopfkissen jedes denkenden Bürgers wartet die kalte Sorge, will er sich schlafen legen.

Dies kennen diese beiden im Gedränge nicht. Seine Gedanken enden an der reinen Stirn von Häschen. Und sie ist ganz von ihm präokkupiert. Der Sieg des Glücks über die Hölle des Alltags. Im Gedränge pressen sich zwei arglose Menschen aneinander, reden vor Zuneigung schwachsinnige Worte und bekommen den brechenden Blick vor seligem Schmerz, wenn sie einander in die Augen sehen.

Wir sind Sünder, allzumal. Aber über den gleichgültigen Häuptern dieser beiden sieht Urbanus nicht ohne sehnsüchtigen Neid den Heiligenschein argloser Liebe stehen.

Die Jahreszeit drängt aus den Vorgärten, und aus den Hecken kommt es grün. Die Welt ist aus den Fugen. Und über die Trümmer der nahen Vergangenheit strauchelt oft unser müder Fuß. Aber siehe: da stehen sie wieder im Gedränge des Lebens und sprechen selig törichte Worte, weil sie der Gott der Herzen schlug. Sie müssen innehalten, wenn sie einander in die Augen sehen. Sie kommen aus dem Lächeln nicht heraus und verstehen nicht, was ihnen da geschehen soll. Sie seufzen vor ziehendem Glück in der Brust und drücken sich die heißen Hände.

Mitbürger, die Liebe ist unter uns. Habt acht!

DER PATHOMETER

»Pathometer« heißt das lästige Ding. Eine Erfindung, geeignet, unsere gesamte moralische Welt mit einem Ruck total aus den Angeln zu heben.

Nun, Urbanus bittet seine durch diese apokalyptische Mitteilung völlig verschreckte Leserschaft freundlichst, wieder in aller gebotenen Ruhe Platz nehmen zu wollen und erst einmal sachlich zu hören, worum es eigentlich geht.

Es geht um den Lügenmesser. Fixe Psychologen haben herausgefunden, daß die elektrische Struktur des Menschen beim Schwindeln in Schwingungen kommt. Das Herz pocht nur zaghaft und zitterig. Der Atem wird unregelmäßig. Und unter der Schädeldecke zuckt es schuldbewußt.

An diese Phänomene klammert sich die flotte Lügenforschung. Die Psychologen legen ihre Meßinstrumente an. Sie schalten den Strom ein, lassen uns reden und sehen mit kaltem Interesse auf den Pathometer. Sie sind in Minuten unterrichtet, ob sie's mit Ehrenmännern zu tun haben oder mit Scharlatanen, denn selbst die abgefeimteste Lüge schlägt noch um ein paar Pathomillimeter aus. Sie sagen »Aha«, und sie sagen »Bube, du lügst!« Und unsereinem wird Leugnen nichts helfen. Denn der lästige Pathometer kommt schon wieder ins Schlagen.

Es ist, um sich einen Strick zu kaufen! Wer meint, Urbanus müßte die kalte Entdeckungsmaschine besonders fürchten, tut ihm bitteres Unrecht. Wenn der halbwöchentliche Chronist hier so deutlich in Opposition und Protest geht, so geschieht es, um unser Weltbild zu retten.

Das Weltbild kennt Schwarz und kennt Weiß. Und beides wohnt in einer Stube. Wo keine Kontraste sind, ist Öde und Stagnation. Tugend herrscht nur, wo es auch Laster gibt. Und Trunkenbolde erkennt man erst im Vergleich mit dem Nüchternen.

Wo die Lüge zur Welt hinauspathometert wird und völlig getötet, wird zur gleichen Stunde die Wahrheit totgeschlagen. Denn wo Schwarz ausradiert wird, ist auch das Weiße lustlos und ohne Glanz und nicht mehr weiß. Nach diesem simplen Gedankengang sollten die eilfertigen Pathometerer wie aufs Maul geschlagen stehen, ihre törichte Maschine zusammenpacken und retirieren.

Und wenn diese Gründe sie noch nicht in die Flucht zu schlagen vermögen – man stelle ihnen die Pilatusfrage: »Was ist denn Wahrheit?« Worum sich die Weisen durch die Jahrhunderte redlich gequält haben, worüber sie kopfschüttelnd in die kalte Grube gefahren sind – die flotten Jungs am Pathometer scheinen tatsächlich noch gar nicht zu ahnen, in welche philosophische Fußangel sie da getreten sind, ihre törichte Maschine so fortschrittsgläubig im Arm.

Lüge, Schwindel, Flausen, Unwahrheit – ohne Zweifel ... der Mensch darf nicht aufhören, sie zu bekämpfen und ernsthaft nach dem heiligen, aber vagen Begriff der Wahrheit zu streben.

Aber, Freunde, in leichten Dosen und harmlos ins Leben gestreut, wie können uns kleine Lügen den Tag nicht für Stunden verzuckern. Und wann ist Ella liebenswerter, als wenn sie einen kleinen Schwindel losläßt. Und vollends die Dichter, diese Lügner der Wahrheit, diese Fanatiker des Wahren aus reiner Fiktion und Träumerei, was sagen die voreiligen Männer mit der Meßmaschine zu ihnen? Nein, das ist zu lernen: nicht alles ist meßbar. Und wenn Urbanus eine Stimme hat, so erhebt er sie im Protest, daß man das Unermeßbare messen will, Wahrheit, Liebe, Glauben. Das geht auf kein Zifferblatt. Drum, wo ihr den Pathometer seht – zerschlagt ihn!

DAS ENTFESSELTE STAUBTUCH

Wo kürzlich noch Eintracht und Ruhe in den geplagten Häusern der Städte herrschte, wo man in den Zimmern sitzen konnte und meditieren – jetzt ist das unmöglich. Die Fenster sind weit aufgerissen. Man hört das lästige Schlagen der Teppichklopfer. Gardinen sind vom Fenster entfernt. Die roten Plumeaus sind aus den Betten genommen und liegen im Garten verstreut, um dort ebenfalls geschlagen und gesäubert zu werden. Über die Fußböden des Hauses ergießen sich Wasserströme. Man stolpert über Eimer und Ella, die auf den Knien liegt und das Parkett mit seltsamer Inbrunst behandelt. Das Unterste ist zuoberst, die Welt aus den Fugen. Wir stehen kurz vor Ostern. Das Staubtuch regiert.

Für den empfindenden Mann eine bedrängende Zeit. Sonst hat er verständnisvollen Umgang mit weiblichen Menschen. Man grüßt sie, versteht sie und liebt einige unter ihnen. Aber in diesen wirren Tagen ist mit ihrem entfesselten Naturell keine Verständigung möglich.

Urbanus beispielsweise, ohne daß man ihn einen Freund des Schmutzes nennen dürfte, hat ein freundschaftliches Verhältnis zu den Ablagerungen der Zeit. Wenn sein Schreibtisch vor überalterten Papieren zuwächst, so beunruhigt ihn das nicht. Erst wenn der Aschenbecher tatsächlich überfüllt ist (und wie langsam geschieht das heute!), trägt er ihn hinaus und entleert ihn. Die störenden Krümel auf der Schreibplatte pustet man beiläufig auf den Boden. Und sollte ein überaltertes Schriftstück vor Staub tatsächlich nicht mehr lesbar sein, nun, so wischt man mit dem Ballen der Hand darüber hin, und damit hat sich's.

Wie anders Ella! Drängen die Säfte aus der Erde, verjüngt sich die Welt, kommt Ostern nahe, so wird sie uns fremd. Sie bekommt einen hohlen Blick, steckt sich die lieblichen Haare häßlich auf, windet ein bösrotes Tuch um den Kopf, krempelt die Ärmel hoch, verbirgt ihre Reize hinter einer gräßlichen Schürze, sie geht in die Knie und schrubbt das Parkett. Sie macht die männliche Welt zur Hölle. Urbanus ist sozusagen obdachlos und todunglücklich. Indessen entfernt Ella die Bilder von den Wänden und wischt sie von vorn und von hinten. Und der fürchterliche Augenblick läßt sich nicht abwenden, daß sie an den Bücherschrank tritt und dort Heiligenschändung treibt. Sie nimmt die Bände heraus und schlägt sie.

Urbanus hat es einmal erlebt, wie sie Rilke an Nietzsche schlug, daß die Staubwolken flogen. Mit Kant prügelte sie Lichtenberg. Und Heinrich Mann mit Gerhart Hauptmann. Es war furchtbar zu sehen, aber es war unabwendbar. Der Dämon der Reinlichkeit schüttelte sie. Eine hochgeschürzte Furie der Ordnung im Frühling.

Und da ist gar nichts zu machen. Wenn man heimkehrt, riecht es nach Soda und Wasser. Die Bücher stehen falsch im Regal. Die Bilder hängen schief. Und auf dem Schreibtisch mit seiner törichten Ordnung findet keiner sich zurecht. Man muß es erdulden. Es ist das Frühlingsopfer der Frauen und unabwendbar.

Aber, Leidensgenossen, wartet geduldig! Der Staub wird sich legen. Die goldene Patina wird auch nach solchem Aufruhr wirbelnder Sauberkeit wieder gnädig sich auf die Dinge senken. Die Welt wächst wieder zu und wird langsam gemütlich.

GESCHÄFTE MIT DUMMHEIT

Der Draht spielt aus London. Warum der Draht eigentlich in der billigen Prosa immer »spielt«, ist nicht einzusehen. Genug, er spielte wieder einmal und warf Urbanus eine Meldung auf den gedankenfreudigen Schreibtisch, an der auch bedeutendere Denker tiefsinnig werden dürften.

Von Mistress Iley spricht der Draht, die er als blond und von passablem Äußeren schildert. Sie ist treusorgende Mutter von fünf unmündigen Kindern und ehrbare Witwe eines Hochofenarbeiters. Soweit so gut. Für den erregbaren Draht noch kein Grund zu spielen.

Aber nun zeigt sich, daß Mrs. Iley so etwas wie ein Genie an der menschlichen Dummheit ist. In der einen Hand hielt sie die straffen Zügel der Kindererziehung. Mit der anderen hat sie nebenher ein monströses Lotterieunternehmen aus der englischen Erde gestampft. Und hier verläßt uns leider der geschwätzige Draht. Wie sie es machte, das steht nicht drin. Es wird nur vermerkt, daß es sich um ein »Schneeballsystem« gehandelt habe. Und hätte die achtsame Polizei nicht schließlich doch eingegriffen, Mrs. Iley hätte in kürzester Zeit mit rund 352 Milliarden Mark dagesessen.

Hut ab vor Frau Iley! Wenn unsereins sich zwanzig Mark vom Nachbarn borgen will, so kommt man beschämt und unverrichteter Dinge zurück. Jene in London aber bringt ein lässiges »Schneeballsystem« ins Rollen, und schon tragen ihr die Leute das Geld in solchen Mengen ins Haus, daß die Polizei eingreifen muß. Wo liegt da der logische Hund begraben?

Bei der menschlichen Dummheit. Wenn die Iley in den Augen des Gesetzes wohl strafbar sein mag und nun zu Recht sechs Monate absitzt – Intelligenz darf man einem Wesen nicht absprechen, das es beinahe zustande bringt, so viel Geld auf sich zu vereinen, wie heute dazu gehört, einen kleinen Krieg zu führen, inklusive Wiederaufbau.

Sie hat augenscheinlich erkannt, daß der Mensch gern dumm ist. Und das ist er tatsächlich. Die Weisen der Welt haben alle gelehrt, daß es das schnelle Glück nicht gibt. Es regnet nicht auf den Menschen mit Eimern. Es tröpfelt, wenn's hoch kommt. Man hört es oft. Man weiß es. Und trotzdem: die Leute eilen herbei und zahlen einen herzhaften Einsatz als Lockfutter für den fixen Wohlstand. Und Frau Iley kennt diese Schwäche der Dummheit und lacht sich ins volle Fäustchen.

Die Lebenslehrer haben uns weiter darüber unterrichtet, daß eilfertiger Reichtum nicht frommt. Nur was sozusagen mit eigenem

Schweiße gewürzt ist, gehört uns und trägt Zinsen bei gutem Gewissen. Das steht in vielen Büchern geschrieben und ist herzhafte Lehre. Doch, »Schnickschnack«, sagt der Bürger, und er trägt seine Habe zu der nächsten Iley, die ihm mühelose Vermehrung verspricht.

Wenn der Mensch alles vervollkommnet hat, wenn er durch die Lüfte fliegen kann, durch den Draht sprechen, über Breitengrade schießen, so ist das erstaunlich und verdient alle Achtung. Er bekämpft Krankheiten, Seuchen, Hungersnot. Und er findet schließlich gegen alles ein Kraut.

Nur die Dummheit, die elementarste Plage der Menschheit – dagegen scheint gar keins zu wachsen. Und wenn der Erdenbürger alles aufnimmt und lernt – das halbe Dutzend simpler Wahrheiten, mit denen ein Leben weise zu führen wäre, ist seinem Verstand zu leicht und zu schwer. Und er erinnert sich ihrer erst, wenn ihm das Schicksal herzhaft auf den Fuß getreten hat und es zu spät ist.

Frau Iley mag hinter Gittern sitzen. Doch die Dummheit, Freunde, läuft frei herum.

DAS ZERRISSENE FARBBAND

Homer wird mit der Leier abgebildet. Goethe leitete seine göttliche Prosa und die Erhebungen seiner Lyrik über den störrischen Federkiel. Unseren Vätern schon glitten die Gedanken durch den eilfertigen Füllhalter. Urbanus, mit Verlaub, hält die Schreibmaschine auf den Knien.

Und da ist, abgesehen von allem anderen, ein kleiner Unterschied. Die Schnelligkeit, mit der die Gedanken fixiert werden können, hat sich aufs äußerste erhöht. Wenn es darauf ankäme, mit den Poeten des redlichen Federkiels sozusagen einen Gang zu machen, so wurden wir neuzeitlichen Meister des Zehnfingersystems die Palme des fixen Sieges ohne Zweifel davontragen. Unsere Väter mit dem geschwellten Montblanc nahauf. Der in das Tintenfaß stippende Fontane mit seiner Stahlfeder, beispielsweise, schon weit dahinter und etwas außer Atem. Die Männer mit dem gespitzten und splitternden Gänsekiel wären schon auf der ersten Prosaseite hoffnungslos überrundet. Und wenn wir durch das Zielband des Schlußkapitels gehen, hinkten die Poeten des achtzehnten Jahrhunderts so sehr nach, daß sie kaum die Einführung mit

In seinem Büro, um 1950

ihrem lahmen Werkzeug der Schrift fixiert hätten. Wir sind die schnellsten, außer Frage.

Aber anders herum: Betrachtet man kritisch und bei Lichte, was mit den im Tempo so verschiedenen Möglichkeiten zustande gekommen ist, so sieht sich Urbanus gezwungen, die nervösen Hände von der geschmeidigen Tastatur der Remington zu nehmen und sie vors Angesicht zu schlagen. Gemessen an der ruhigen Prosa seiner literarischen Väter mit dem Füllfederhalter ist, was er da so hurtig auf das Farbband schlug, eine Schande. Was ruckend aus den Gänsefedern kam, steht wiederum turmhoch über den Produkten aus der simplen Bremer Börsenfeder. Und vor Homer, der nur die Leier schlug, stehen alle literarisch wie aufs Maul geschlagen.

Schnelligkeit, das ist daraus zu lernen, ist also weder Hexerei noch ein Vorteil zur Güte. Wenn der Dramatiker beispielsweise auf seiner gut geölten Schreibmaschine in die Kurve des dritten Aktes geht, so geraten die Konflikte leicht ins Schleudern. Nimmt der Essayist die Fragen des Tages allzu hurtig in das Schreibmaschinengewehrfeuer seines Witzes, so wird er bald geistig an Ladehemmung leiden. Und die Prosa wird kurzatmig, schnaufend und keineswegs durchschlagender, hetzt man sie auch mit dreifachem Durchschlag auf das Papier Din A5. Mit Hurtigkeit ist nichts getan.

Wozu das alles? Dies ist den Schreibern von heute zum Trost gedacht. Denn siehe: Man hat ein Jahr lang geschrieben und hat das Farbband der treuen Maschine redlich durchlöchert mit Aufruf, Trost und Kritik. Jetzt ist es zerfetzt und teilt dem Papier nichts mehr mit. Es flattert melancholisch vor den metallenen Buchstaben. Es fixiert nichts mehr. Es hält nichts mehr fest, hat Löcher und Tücken, und die Schreibmechanik greift ins Leere.

Und da der Markt an keiner Stelle die schwarz-roten Bänder der Maschinenschrift mehr feilhält, bleibt den modernen Poeten nichts anderes übrig, als vom hurtigen Roß der literarischen Schnelligkeit zu steigen, die Maschine in die Ecke zu stellen und zum Füllfederhalter zu greifen.

Das Tempo wird gemächlicher werden. Man wird sich zu den literarischen Vätern stellen, und der Talmikrone der Technik ist unversehens wieder ein hoffärtiger Zacken ausgebrochen. In diesem Falle – um so besser. Unser Stil wird behäbiger werden. Unsere Sätze werden langatmiger. Und es ist nicht grundlos, mit dem zerrissenen Farbband eine neue literarische Epoche vorauszusagen.

An ihrer Prosa sollt ihr sie erkennen.

BRIEF VON ALLAN

Seit gestern ist Urbanus tatsächlich wieder im Begriff, so etwas wie urban zu werden, weltläufig, weltoffen, mit weitem Blick und heiter.

Er hat es Herrn Olgers zu verdanken, dem redlichen Träger der Briefe. Als der an der Glocke zog, hielt er das Bild eines gekrönten Hauptes in der Hand, im Werte von drei Pence. Das gezackte Bild einer Briefmarke, sechs Jahre nicht mehr gesehen. Bestempelt war es in der fernen Stadt Edinburgh. Als ich die Handschrift auf dem Briefumschlag erkannte, meinen Namen las, hinter dem so höflich ein »Esq.« zu lesen stand, blieb mir das urbane Herz für eine kleine Sekunde stehen. Ein Brief von jenseits der grünen Grenze, und noch einmal ein Stück weiter, und dann über das Wasser des Meeres, und noch einmal ein Stück weiter längs einer großen Insel hinauf. Und oben in der Stadt Edinburgh hatte Allan gesessen und mir einen Brief geschrieben. Er hatte das Bild seines Königs auf den Umschlag geklebt. Und nun kam Herr Olgers heran und überreichte mir alles, als wäre es das Gleichgültigste von der Welt. Der erste Brief von dort war da. Mir stockte das Herz.

Nun wird der freundliche Leser Allan nicht kennen. Allan ist, was der Volksmund als einen verrückten Hund bezeichnet, und ein Freund von mir. Ich hatte ihn oft in seiner verregneten Heimat besucht. Wir hatten sein kleines, lächerliches Automobil unter uns geschoben und waren an die nahe See gefahren. Wir hatten auf einem ungemütlichen Felsen der Küste Platz genommen, hatten auf die Wellen gesehen, die da heranrollten, hatten geschwiegen, ein Sandwich geknautscht oder geredet. Wir baumelten mit den Beinen. Wir waren Freunde, und sein Kopf war voll der unbändigsten Einfälle. Er hatte den schottischen Blick für das Groteske. Und er lehrte ihn mich. »Ein Bursche von unendlichem Humor.«

Ich lockte ihn an unsere Küsten. Und da saßen wir wieder, sahen auf die gemäßigte Wucht der Ostsee, baumelten mit den Beinen und hatten eine Flasche Steinhäger neben uns im Sande. Gott segne die Stunden der stillen Freundschaft. Wir waren dreimal in Liebe zu dem gleichen Mädchen verfallen, und wir hatten viel darüber gelacht. Wir sprachen ein deutsch-englisches Kauderwelsch, und wir konnten lange feiern, wenn uns ein neues abstruses Wortgebilde gelungen war. Im bösen Jahre 1939 war er sozusagen mit dem letzten Zuge davongefahren. Wir baumelten nicht mehr mit den Beinen.

Ein halbes Dutzend Jahre ist vergangen. Mehr als zwei Dutzend Millionen Menschen hat es inzwischen erwischt, so oder so, blutig und grausam und ohne vorerst erkennbaren Sinn. Aber ihn hat's ausgespart. Und mich durch einige Wunder auch. Vor Monaten wären wir noch gehalten gewesen, aufeinander mit Gewehren anzulegen und uns mit Eisen zu durchlöchern. Jetzt bringt Herr Olgers einen Brief aus Papier. Die Welt wächst zu, und alte Freundschaften atmen auf.

Und daß sie, waren sie einmal gut, so gar nicht zerstörbar sind – das ist sehr tröstlich. Ich hatte mich gescheut, ihm schon zu schreiben. Das hatte viele verschämte Gründe. Jetzt streckt er die Hand aus und lacht schon wieder. Und es ist, als säßen wir wieder an einer windigen Küste, baumelten mit den Beinen vor Freundschaft, und eine Flasche Whisky stände neben uns. Man soll nicht aufhören, seinem natürlichen Pessimismus täglich das Wort zu verbieten. Man soll daran glauben, daß unser Leben wieder besser werden kann. Und den Unken und kleinen Schreiern soll man aufs Maul schlagen. Es kommt ganz langsam vieles ins Lot.

Ein Brief aus Schottland ist im Haus.

PLATITÜDE IM LENZ

Urbanus, gestärkt vom Osterspaziergang an die Schreibmaschine zurückkehrend, ist entschlossen, eine veritable Platitüde zu Papier zu bringen. Dazu gehört Mut.

Er muß gewärtig sein, daß ihn der kritische Leser für banal hält, vielleicht sogar für unmoralisch. Und man läuft Gefahr, daß einen die eigene Ella – reizvoll, aber reizbar – mißversteht und man es unversehens mit ihrem Grolle anlegt.

Es sei trotzdem gewagt: Urbanus ist bei seinen verschlungenen Ostergängen aufgefallen, wie angenehm es ist, daß es auch weibliche Menschen gibt. Ich sagte es gleich – eine Platitüde. Aber manche Wahrheiten muß man sich erst an den Hacken des Alltags abgelaufen haben, um ihren wirklichen Wert am Festtag der Erkenntnis erneut zu entdecken. So hier. Wenn Urbanus »weibliche Menschen« sagt, so meint er speziell junge Mädchen. Ihr Anblick tat seinem Auge wohl. Sie gingen zu Ostern so fröhlich einher. Sie hatten sich die arbeitsamen Hände pfleglich gewaschen. Die lieben Gesichter glänzten so freundlich. Die Sonne ließ es zeitweilig zu, daß sie allerhand Buntes und Wehendes an ihren jungen Figuren trugen. Woher sie es nehmen, ein Gott mag es wissen. Einige trugen schon ein paar redlich gebräunte Beine zur Schau, daß Urbanus sich selbst zur Ordnung rufen mußte, wenn es Ella nicht tat. Denn er ist der ernste Zeitbetrachter. Er sucht nicht die Schönheit. Sein Amt ist Erkenntnis.

Kein leichtes Amt, zumal nicht im Frühling. Die Ästhetik von der Erkenntnis fernzuhalten, bedarf einer stillen Enthaltsamkeit, die gerade jetzt und aus Anlaß der Jahreszeit oft sehr schwer fällt. Auch Urbanus riskiert nur zu gern einen Blick. Und wozu sind junge Mädchen da, wenn sie im Frühling nicht die harte Welt der Männlichkeit zu Leichtigkeit und Dummheiten verführen wollten.

Dummheit ist eine Plage der Welt. Aber von Dummheiten pflanzt sie sich fort. Dummheit ist lästig und hält den Lauf der Erde an vielen Stellen auf. Dummheiten jedoch sind entzückend und nach Schiller einer der beiden Motoren des Weltgetriebes.

Der Mann baut sich einen Staketenzaun von Prinzipien um das streng bebaute Terrain seiner Weltanschauung. Die jungen Mädchen, nur durch ihre leichte und anmutige Existenz beschwingt, unbelastet vom Tiefgang der Erkenntnis, schwingen sich über den Staketenzaun, hüpfen anmutig und gedankenlos über das Frischgeharkte und bringen alles herrlich durcheinander.

Und der Mann, in seiner Hilflosigkeit, lächelt selig, sperrt den Mund auf und liebt. Und er tut das, was er »Dummheiten machen« nennt: er umarmt unter einem milchigen Mond das beschwingte Geschöpf, öffnet seinen Mund zu törichten Schwüren. Und mit dem schönen Kinde hat ihn das Leben selbst überlistet. Keine Dummheiten, stellt sich heraus, sondern lebendigste Weisheit.

Kein Wort gegen die gedankliche Potenz eines Schopenhauer. Wer ihn gelesen hat, sollte gefeit sein gegen das junge Fräulein Erna von nebenan mit ihrem wehenden Frühlingskleid. Aber siehe: diese anmutige Klein-Erna wird mit einem einzigen Lächeln aus ihrem roten Munde mühelos obsiegen über jede strenge Warnung des großen Philosophen. Sie ist stärker in all ihrer reizenden Schwäche.

Daher postuliert Urbanus im Frühling, daß man achthaben soll auf die Mädchen in ihren buntgewürfelten Kleidern. Und er findet es gut, daß es Mädchen gibt. Sie sind klüger als wir, scheint ihr reizender Kopf uns auch leer zuweilen. Sie verkörpern die schönste Verlockung zum Leben, und man sollte so weit gehen, vor jedem lieblichen Wesen voll Achtung und Ehrfurcht den Hut zu ziehen.

Wenn das nicht wieder zu weit geht.

AUF DRAHT GEZOGEN

Der rastlose Urbanus steht in der windigen Zugluft der Strassenecken. Er muß sich seine Körner der Weisheit sozusagen mühsam aus der Gosse des Alltags picken. Er ist gehalten, seine Erkenntnisse aus dem harten Pflaster der Städte zu stampfen. Und wie oft geraten seine Gedanken auf dem gleichen glitschigen Pflaster ins Schleudern. Wie oft verheddert er sich nicht in den Drähten dessen, was sich Fortschritt nennt.

Wie jetzt im Draht des Telephons. »Isophon« heißt der Gegenstand seines heutigen Versuchs am Tiefsinn. Eine verblüffende Erfindung und wesentliche Erweiterung des Fernsprechers. Mit den technischen Einzelheiten will Urbanus seine Prosa nicht belasten; der Effekt ist wenigstens der, daß dem Telephon eine kleine Maschine beigefügt wird, die vollends erstaunlich ist.

Weilt man nicht zu Hause, nimmt sie Botschaften der anrufenden Geschäftsfreunde auf und gibt sie nach unserer Rückkehr wieder. Man kann, ehe man die Tür hinter sich zuwirft, andererseits selbst eine Zärtlichkeit an Ella hineinsprechen, die das Isophon auf magnetophonetischer Grundlage eine Stunde später in ihr liebes Ohr flüstert. Man kann wichtige fernmündliche Dialoge für alle Zeit fixieren und den Gesprächspartner, will er eine wichtige Absprache leugnen, mit dem schmalen Band des Magnetophons wieder einfangen und ihm die Schlinge legen.

Wie wunderbar, daß der Fernsprecher nicht hundert Jahre vor seiner Geburt erfunden wurde! Hätte Goethe beispielsweise vom Gartenhaus nur lässig die Scheibe gedreht, wir wären um die Segnungen seiner »Billettkrankheit« zu Lotte von Stein gekommen. Hätte er nur »Jena zwo-nuhl-elleff« zu verlangen brauchen, und schon hätte sich eine Stimme gemeldet: »Hier bei Hofrat Schiller. Jawohl, Herr Minister von Goethe. Sofort. Ich hole Herrn Hofrat vom ›Wallenstein‹« – die Vorstellung ist abscheulich. Und ein Telephon im Thüringischen vor hundertfünfzig Jahren hätte uns um die briefliche Distinktion vom naivischen und sentimentalen Poeten gebracht. Die Folgen des verfrühten Drahtes wären furchtbar.

Und was wollen all die jungen Leute tun, wenn sie älter werden? Jene, die ihre Neigungen zur lieblichen Braut nicht auf rosa Papier geschrieben haben, sondern den Liebesbrief sozusagen durch den Draht jagten, lässig von Couch zu Couch? Worin wollen die späten Jungfrauen im entsagenden Alter ihre grau gewordene Seele baden? Sie können nicht ein Seidenband von einem vergilbten Packen Briefchen lösen, und die Schrift des Geliebten ist nahe wie in jenem Frühling vor fünfzig Jahren. Die alten Jungfern von morgen sind seelenarm. Das Telephon nahm ihnen die Beständigkeit der Neigung zu Joachim. Der Draht hat sie um des Menschen besten Teil, um die Erinnerung, betrogen. Die alten Jungfern von morgen sind arm.

Die von übermorgen sind wieder reich. Schalten Romeo und Julia von heute beim liebenden Fernspruch das Isophon ein, so bleiben die Seufzer ewig auf dem Band und sind unendlich wiederholbar. Doch in fünfzig Jahren haben die Jungfern Joachims schöne, doch falsche Schwüre noch volltönend im Zimmer. Und die wohltätige Zähre der Erinnerung rinnt über manche welke Wange.

Urbanus, sonst voller weiser Skepsis gegen die nervöse Gilde der Erfinder, kann nicht umhin, mit dem Isophon einen Fortschritt zu verzeichnen. Aber ehe er sich um die Installierung des wundertätigen Isophons bemüht: wann endlich wird ihm das lahme Fernsprechamt seinen seit einem halben Jahr defekten Anschluß des simplen Telephons reparieren?

SCHLECHT GELAUNT

Urbanus ist sich heute selbst zum Ekel. Eine Wolke des Mißmuts umlagert die Stirn. Er pfeift und singt nicht, wie sonst morgens gern. Er ist mit dem linken Bein zuerst aus dem Bett gestiegen. Er hat sich bei der lästigen Rasur ins eigene Fleisch geschnitten. Der letzte Schnürsenkel riß. Die gewitzte Ella macht einen Bogen um ihn. Unfriede pocht an der Haustür. Hier herrscht schlechte Laune. Urbanus ist sauer.

Schlechte Laune ist ebenso unerklärlich wie verwerflich. Man wacht morgens auf. Man kann sich leider keinerlei Ausschweifung am Abend zuvor vorwerfen, auf die die üble Gemütsdisposition zurückzuführen wäre. Man ging zu Bett wie immer. Nüchtern, zeitgerecht und dem Bürgerlichen Gesetzbuch durchaus wohlgefällig. Aber man erwacht – und ist sauer. Der Zustand ist lästig.

Wenn es noch der weitschwingende und produktive Weltschmerz wäre, der schöne Seelen zuweilen überkommt, jene tiefe und unerklärliche Traurigkeit am Menschlichen, jene süße Melancholie, die den Denker in Abständen befällt wie ein einsamer, warmer Regen. Weltschmerz ist die schwarz verhängte Wiege schönster Gedanken. Und es hat ganze Generationen von Poeten gegeben, die aus ihm ihre rührendsten Wirkungen zogen. Sie lutschten Weltschmerz. Und schon entglitt ihnen das schönste Poem.

Urbanus entgleitet höchstens ein Fluch. Denn schlechte Laune ist ganz etwas anderes. Schlechte Laune ist Ungezogenheit und Sichgehenlassen und hat nichts Produktives an sich. Bei Weltschmerz kann man Ella umfangen und an ihrer warmen Seite so schön und phlegmatisch traurig sein. Bei schlechter Laune meidet sie uns.

Und man merkt, daß man in dem ärgerlichen Zustand beharrt. Und man ärgert sich über die eigene Bockbeinigkeit. Und während man sich ärgert, verschlimmert sich der Zustand schon wieder.

Gegen alles gibt's Mittel. Das Penicillin für das Gemüt ist noch nicht erfunden. Manche drehen das Radio an, um sich unter die warme Dusche argloser, froher Musik zu stellen und sich so die leichten Flecken von der Seele zu waschen. Aber im Radio reden sie immer. Und schlechter Laune ist das kaum zuträglich. Die Zeitung zu lesen, hat bei dieser Disposition zu schneller, böser Wallung auch keinen Zweck. Und was man sonst anfaßt, zerbricht einem unter den ungeduldigen Händen.

Wenn Sie heute Urbanus in der Stadt zufällig begegnen sollten – gehn Sie ihm aus dem Wege! Es wird jener unleidliche Lümmel sein, der die öffentlichen Verkehrsmittel mit seiner bockigen Gestalt blockiert. Jener aufsässige Bursche, dessen harte Schuhe Ihre empfindlichen Zehen im Gedränge nicht schonen. Jener üble Rabauke, der mit dem Nebenmann schnell und laut in einen bösen Dialog gerät. Man meide heute Urbanus!

Aber man nehme Rücksicht auf ihn. Man habe Mitleid. Denn er leidet am meisten. Und heute abend ist alles vorüber, und das Gewölk um die Stirn bricht auf. Und Ella kommt wieder näher und schätzt ihn. Haben Sie Mitgefühl mit jenen, die der Bazillus der schnellen Gemütsverdunklung befallen hat.

Und bedenken Sie immer: vielleicht sind es Sie, den er morgen heimsucht. Vielleicht sind Sie selbst morgen sauer.

AN GÄRTEN ENTLANG

Jetzt sich an den warmen Abenden der von Gott gesegneten Jahreszeit aufzumachen und an die Ränder der Städte zu gehen, ist nicht ohne schöne Gefahr. Man schlendert an ausgesparten Häusern vorbei. Ein helles Fenster steht offen, Töne dringen heraus. Eine einsame Geige ist mit sich selbst beschäftigt. Menschen, zu zweien und ungleichen Geschlechts, gehen vorüber, die Arme umeinander geschlungen. Warme Stille liegt über allem. Ein Automobil hastet vorbei und nimmt im Vorüberfahren die grüne Szenerie der Vorgärten für Sekunden in das zitternde Lampenlicht.

Urbanus geht tief und sehnsüchtig aufatmend, wie man so treffend sagt, fürbaß. Nichts zu suchen, ist sein Sinn. Er bleibt sinnend stehen. Lehnt sich auf seinen Stab, sieht zu den Sternen und grüßt sie mit seinem kleinen Urbanus-Sinn. Er schnuppert den Duft dieses Abends ein. Von Ferne kommt hohes weibliches Lachen aus einer Schänke. Eine Kirchenglocke schlägt die zehnte Stunde. Es ist warm. Es ist schön. Die arme Städterseele bekommt unversehens Schwingen der Sehnsucht. Und während der Fuß selbstvergessen über das teilweise noch aufgerissene Pflaster an fleißigen Schrebergärten entlangstreunt, memoriert das vom Frühling betäubte Gehirn wie von selbst Bruchstücke süßer Verse: »Die Welt wird schöner mit jedem Tag. Das Blühen will nicht enden.«

Da hat man sich wacker und grundsätzlich aufbaufreudig ein neues und wirres Jahr des Friedens redlich bemüht. Die gleiche Hand, die zweimal die Woche hier feuilletoniert, hat täglich das Holz für den Kochherd geschlagen. Der gleiche Fuß, der jetzt so selbstvergessen an den Vorgärten wandelt, ist schmerzend manche Meile getrabt, um an die Probleme des Tages zu kommen. Wir haben die bröckelnden Wände unserer Häuser gerichtet und haben auf den Dächern rittlings gesessen und sie, von leichtem Schwindel bedroht, Stück um Stück gegen Regen und Schnee gedeckt.

Das Elend saß oft in unserer Stube. Und wie manches Mal sah das Auge gequält und hilflos beiseite, wenn die pure Not, wie auf den Bildern des Mittelalters, leibhaft an uns vorbeiging. Blassen Gesichts. Schwankend. Auf der Flucht. In zerfetzten Kleidern. Ohne Heimstatt. Und es war nicht zu helfen. Das letzte Kapitel einer bitteren Lektion aus dem Lehrbuch des Lebens. Oft meinte man, nicht wieder lachen zu dürfen.

Aber jetzt blüht der Flieder und sendet eine milde Wolke des Wohlgeruchs durch die Nacht wie alle Jahre wieder. Ich weiß. Es ist auch mein erster Frühling nicht. Aber an den Rändern der Städte ist es diesmal tatsächlich, als hätte er nie so stattgehabt. Ein Geschenk. Eine Gnade. Die weiche Nacht. Und hinter einem Zaun von Draht stehen aufgereiht die Tulpen und schlafen in ihrer starren Anmut.

Eins ist, hurtig am Tage zu bleiben, die Hände zu rühren und die tägliche Arbeit zu tun. Ein anderes aber ist, bei der ersten Dunkelheit einsam an fremden Gärten vorüberzustreunen, mit der aufatmenden Seele allein zu sein und in einem warmen Winde zu wissen, daß der Menschen bestes Teil die Sehnsucht ist.

SIEG DES ABENDLANDES

Ganz blind geht keiner in sein Schicksal. Auf der beschwerlichen Wanderung des Daseins wird der denkende Mensch zuweilen erbarmungslos an Wegekreuzungen gestellt. Hier gilt Entschluß und eigener Wille. Und da steht er dann, kalt umweht vom Winde des Schicksals, und muß wählen.

Es bleibt dem freien Willen beispielsweise überlassen, ob man Bräutigam, Ehemann und Vater werden will, oder ob man lieber am hagestolzen Stabe der männlichen Einsamkeit weiter über den steinigen Pfad des Lebenslaufes stolpern möchte.

Anderes fliegt uns zu. So ist man plötzlich Onkel. Keiner hat angefragt, ob man es werden wollte. Die neue Würde ist da und bleibt neben all den anderen zu tragen. Und neue Pflichten dazu. Ein Päckchen auf dem Rücken mehr.

Urbanus trägt es seit vier Jahren. Onkel Urbanus. Klein-Fitzie hat ihn dazu gemacht, ein nunmehr vierjähriger Lümmel, blond, keck, von einer radikalen und lärmenden Entschlossenheit zu seinem jungen Dasein. Er erschien mitten im Kriege und begann zuversichtlich seine Existenz, als den meisten von uns das Leben so gut wie keinen Spaß machte. Ein optimistischer Bursche. Er trägt eine verwüstete Sepplhose, hat kleine, schmutzige Beine, den resoluten Kopf aufrecht und zuweilen einige seiner lieben Fingerchen in der Nase.

In früheren Zeitaltern näherten sich die Onkel den kleinen Neffen mit der Zuckertüte und machten sich so mühelos lieb Kind. Heute können die verarmten Oheime nur den vollen Sack ihrer Erfahrungen öffnen und die Fitzies auffordern, einen Griff hinein zu tun. Aber Erfahrungen, das ist selbst eine, sind nicht vererbbar. Die nächste Generation weiß damit gar nichts anzufangen. Sie macht sie selber lieber unter Schmerzen. So sind die Onkel gezwungen, sich nach Sensationen umzusehen, die ihnen das Herz der Neffen gewinnen könnten.

Man kann nach wie vor, den kleinen Menschen an der Hand, den Zoo besuchen. Das taten unsere Onkel auch. Und so zieht Urbanus, Klein-Fitzie an der Hand, vor die Gitter, hinter denen die Exotik brüllend wohnt. Die kleine Hand, die man da so faßt, ist heiß vor Erregung und kaum zu halten.

Der Augenblick ist tatsächlich erregend. Hier, an unserer Hand, Fitzie, das Ergebnis einer langen und vielfachen abendländischen Entwicklung. Er entstammt einer Zone, über die die Harke der Zivilisation seit Jahrhunderten pfleglich gegangen ist. Fitzie ist gleichsam eins der jüngsten Produkte einer reichen und vieltönigen Kulturwelt. Ein Sproß des weisen Abendlandes.

Und der nun plötzlich konfrontiert mit dem Urwald. Drüben steht ein Elefant und schwingt den Rüssel. Und beide sehen sich an. Die Gegenüberstellung ist reizvoll, die Reaktion bleibt zu notieren.

Der Elefant, gewaltig, alt und weise, hat eine dicke Haut. Er äußert nichts. Er schweigt und schwingt den Rüssel. Klein-Fitzie aber öffnet seinen Mund und fragt: »Wie sieht der Elefant von innen aus?«

Und damit ist die Reputation unseres Erdteils gerettet. Das ist Geist von Livingstones Geist. Das ist die selige Unersättlichkeit des Abendlandes. Nicht nur die Haut der Dinge, sondern ihr Inneres und ihren Ursprung. Klein-Fitzie hat mit diesen Worten mehr getan, als nur eine dumme Frage gestellt. Er ist der langen Ahnenreihe würdig. Und wenn Urbanus ihn jetzt vor dem Elefanten küßt, so grüßt er damit einen ganzen Erdteil und dessen Überlegenheit im Denken.

DAS HERZ SEI WACH!

Wenn man nicht dauernd achtsam bleibt und vom kühlen Turm der Beobachtung ständig die wirre Landschaft des Menschlichen im Auge behält, ist's schon passiert. So heute.

Urbanus hat sich wohlig den Frühling um die empfindsame Nase geschlagen. Er hat sich liebevoll zu den fröhlichen Blümlein niedergebeugt, die nun allenthalben unseren Lebenspfad zu säumen beginnen. Und da er jetzt wieder die hohe Warte der Gedanken besteigt und sein ausgeruhtes Auge über das Plateau des ganzen Daseins schweifen läßt, da er wieder Posto faßt vor dem zerklüfteten Panorama der Tage, ist es zu spät. Was?

Herrn Professor Sinitsyn ist inzwischen die radikale Verpflanzung von Herzen gelungen. Er hat in seiner wissenschaftlich kühlen Art vorerst gelungene Experimente mit Fröschen und Tieren gemacht und hat einigen Lebewesen zur Entlastung ihres kleinen Herzens ein zweites eingesetzt. Er hat beide, das neue und das alte, miteinander verbunden. Und siehe, die beiden pumpen im gleichen Takt und haben jedes nur halbe Arbeit zu tun. Die Frösche mit den beiden Herzen werden als quicklebendig geschildert. Professor Sinitsyn reibt sich die Hände. Die medizinische Welt klatscht berechtigt Beifall. Und die doppelherzigen Frösche hüpfen vom Operationstisch wieder in den Teich und quaken sich eins.

Nun, Urbanus will nicht unken. Und er gönnt den Fröschen so viel Herzen, wie ihr kleiner Brustkasten immer zu fassen vermag. Aber wie wir die rastlose Wissenschaft kennen: sie bleibt nicht bei den Fröschen stehen. Und ehe man sich's versieht, setzt der achtbare Professor Sinitsyn das kalte Messer der Forschung an und treibt Ähnliches in des Menschen Brust. Und da muß Urbanus warnen.

Wo kämen wir hin! Die Poeten und Schlagerdichter durch die Jahrhunderte haben des Menschen Herz zum Wohnsitz der Empfindsamkeit gemacht. Sie haben es in Heidelberg verloren. In einem besonders blöden Liede machte es laut: bum, bum. »Herz, mein Herz, warum so traurig …?« »Ob sich das Herz zum Herzen findet …!« »Herz! Mein Herz, was soll das geben …?« Nun, man kann wohl sagen, daß die Dichter in Vers und Prosa redlich auf dem menschlichen Herzen herumgeritten haben. Sie hatten mit einem alle Federn voll zu tun. Und wir waren vollauf beschäftigt, unsere Herzensdinge in Ordnung zu halten, wenn nur der eine gefühlvolle, pumpende Muskel in unserer sehnenden Brust seine Arbeit tat.

Was nun, wenn Professor Sinitsyn daherkommt und den ganzen gefühlvollen Ärger verdoppelt? Urbanussens Herz gehört der lieben Ella. Aber was, wenn er erst ein zweites unter der fühlsamen Haut trüge? Verdoppelt sich da die Neigung, oder bringt der neu eingesetzte Muskel auch seine alten Neigungen mit? Und wenn ja? Ja, was dann?

Abgesehen davon: wenn man sozusagen eine zweite Lokomotive vor den mühsam ratternden Zug unseres Lebens koppelt – laufen wir dann mit doppelter Kraft einher? Oder erreicht unser sonst ein herzig kurzer Lebenslauf eine doppelt so weit entfernte Endstation, bevor er schnaufend endet? Das will doch bedacht sein.

Oder: wird mit der Sintsynschen Operation nun endlich der Sieg der verdoppelten Herzen über den weiter vereinsamten Verstand stattfinden? Dann wäre der Eingriff so übel nicht. Oder wird mit dem Versuch, tatsächlich zwei Herzen, ach, in unserer Brust wohnen zu lassen, die Spaltung der Gefühle nur noch schmerzlicher?

Fragen über Fragen. Urbanus stellt sie ernst von der hohen Zinne seiner Zeitbetrachtung. Und er fordert, daß man den Medizinern streng aufs Messer sieht, ehe man ihnen die Brust öffnet. Das Gefühl steht unter Naturschutz.

Das Herz sei wach!

AN DER KLAGEMAUER

Nicht ungern tritt Urbanus auf seinen Gängen durch das Menschliche, bei seinen Streifzügen durch das Schicksal an die Holzzäune, die hin und wieder unsere Straßen säumen. Denn das sind die wahren Klagemauern der wirren Zeit. Hier hängt Zettel an Zettel.

Ein Dauerraucher ist bereit, seinem Laster ein halbes Weißbrot zu opfern. Jemand will sich nächtens von seinem Plumeau trennen, um nur bei Tage ein paar feste Schuhe an den Füßen zu tragen. Und ein anderer geht so weit, seinen Schopenhauer in Halbleder und den fundierten Pessimismus dieses Denkers für ein halb Pfund Zucker abzustoßen. Und für einen Fahrradschlauch kann man den Himmel auf Erden einhandeln.

An den Klagemauern der Neuzeit notieren ein Brot und ein viertel Pfund Fett vielmal höher als alles geistige Gold. Und selbst die Musen werden weit unter Pari gehandelt. Eine Geige mit dem ihr innewohnenden Wohlklang geht ab für eine Handvoll Eisennägel. Die Börse der Bretterzäune gibt den wirklichen Kurs unserer Zeit. Urbanus tritt, gestützt auf den Stab der Nachdenklichkeit, oft heran. Und wenn auch die Scharlatane, die Hochstapler der Not und die Jobber des Mangels, listig und auf eiligen Vorteil bedacht, manch trügerisches Zettelchen anheften mögen, zum Ernst und Bedenken bleibt Raum genug. Und Urbanus steht ernstlich besorgt davor, »denkt Söhne und Enkel und schüttelt das Haupt«.

Aber auch die Fehltritte des Menschengeschlechts sind abzulesen, Sehnsucht, Liebe, Leidenschaft. Denn da sucht ein aufstrebender Jüngling noch nach Wochen die Jungfrau, die am bestimmten Tage die Enge eines öffentlichen Verkehrsmittels mit ihm teilte. Sie war blond, so liest man in Maschinenschrift. Sie trug ein weißes Kleid aus starrer Waschleinwand. Und stieß so rührend mit der Zunge an. Der betroffene Jüngling heftet seine Sehnsucht und den geraubten Nachtschlaf an den Bretterzaun. Und liebt und hofft. Urbanus ist gerührt.

Urbanus aber ist betroffen: wenn sich daneben eine wohletablierte Firma anbietet, Radler in die städtische Umwelt auszusenden, um uns langwierige Kommissionen abzunehmen. Auf ihrem Veloziped tragen die hurtigen Männer der Liebsten Blumen ins Haus, besorgen eilige Schriftsätze an das Gericht, schieben dem entfernten Schuldner die böse Mahnung in den Briefschlitz. Soweit so gut. Aber nun zeigen sie sich laut Anschlag auch gefällig, »lästige Rendezvous« zu erledigen. Und da muß man den eilfertigen farbigen Radlern eins aufs Pedal geben, wie sich's gehört.

Wie stellen die sich das vor? Soll Ella, an der vorgemerkten Ecke wartend, mit einem herbeigefahrenen Radler fürlieb nehmen? Ist dieser Treter für Entgelt bereit, in alle herzlichen Verpflichtungen einzutreten? Wofür hält man Ella? Ein Rendezvous ist eine Herzenssache. Und von den beiden betroffenen Partnern ist keiner zu ersetzen durch einen bunten Meister des Freilaufs, zufällig und gegen einen Taler engagiert.

Wo die Sphären vermischt werden, soll man Protest geben. Wo Geschäft sich hurtig in Liebe drängen will, soll man nicht aufhören, die Stimme warnend zu erheben. Urbanus reißt den Zettel von der Holzwand und steckt die seltenen Reißnägel in seine Tasche.

Und wie er so entschreitet, hat er eine Tat getan für die reinen Herzen. Ist er ein stiller Vorkämpfer für die harrenden Mädchen an den Normaluhren der Welt. Gott grüße sie alle!

LÄRMENDER SCHWACHSINN

Menschlicher Schwachsinn ist leider ebenso rege und erfindungsreich wie menschliche Klugheit. Bevor Urbanus das logische Garn von diesem kompakten Knäuel seiner Behauptung abspult, sei ihm gestattet, den neuesten Schwachsinn in seinem Vormerkbuch der Unzulänglichkeit zu notieren.

Es handelt sich um das Velo-Radio, einen Rundfunkempfänger, den sich der musikfreudige Radfahrer an der Lenkstange montiert. Die kleine Musikmaschine wird aus einem Dynamo, ähnlich dem der Lampe, gespeist. Die stramme Wade bringt das Rad in Drehung. Das Rad den Dynamo in Arbeit. Der Dynamo Strom in das Radio. Das Radio endlich Musik an die Lenkstange. Ein direkter Weg also vom Wadenmuskel zu »Heinzelmännchens Wachtparade«. Das hat uns tatsächlich gefehlt!

Urbanus ist in Fragen der Radfahrt seit einigen Wochen Theoretiker. Auf nächtlicher Heimfahrt sperrten ihm Räuber den Weg, schlugen ihm kurz vor die Denkerstirn und radelten davon, Urbanus verdutzt in der Gosse. Immerhin – er ist um die Erfahrung reicher, wie es tut, unter die Räuber gefallen zu sein. Er ist zu dem philosophischen Tempo des Fußganges zurückgekehrt. Nicht zum Schaden der Prosa.

Er ist also gezwungen, theoretisch, sozusagen vom Bürgersteig aus, mit den Radfahrern zu sprechen. Und da wäre zu sagen, daß, wenn der sogenannte Fortschritt etwas auf der Welt bewirkt hat, so den Umstand, daß sie lauter geworden ist. Staubsauger, Zahnbohrer, Dampfmaschine, Schreibmaschine, Wasserklosett, Automobil, Flugzeug, Radio – wenn sie etwas gemeinsam haben: sie machen Krach. Krach vertreibt Stille. Stille aber ist der alleinige Nährboden des Denkens und der Weisheit. Ergo: der Fortschritt vertreibt die Weisheit. Das ist schlüssig. Und wenn die hurtigen Radfahrer für Augenblicke den Freilauf des Denkens spielen lassen, werden auch sie folgen können.

Wenn man aber nun Krach zu Krach tut, wie der Erfinder des Velo-Radios plant? Der Lärm wird verstärkt. Die Disposition zum Denken unter den Radfahrern wird noch mehr gemindert. Und auf dem kurzen Wege vom Dynamo zum Lautsprecher an der Lenkstange hat der Fortschritt selber Kurzschluß erlitten.

Im Paradies war es still. Selbst der Löwe schwieg, denn er war immer satt. Erst als der Mensch böse wurde, machte er Krach. Bevor er uns eine Ohrfeige haut, schimpft, schreit und krakeelt er. Zieht er in den Krieg, so unter Vorantritt einer dröhnenden, unleidlichen Blaskapelle, die alles Denken verhindert. Und den tollsten Lärm veranstaltet er dort, wo er allen Verstand hintansetzt und sich gegenseitig nach dem Leben trachtet, in der Schlacht.

Im Radau haben wir's herrlich weit gebracht. Das ist außer Zweifel. Aber nun sollten einmal Erfinder angesetzt werden, die maschinell die Stille erzeugen. Radfahrer sind ohnehin ein dubioser Völkerstamm immer gewesen. Wenn sie jetzt noch jeder ein zuckendes Band heißer Jazzmusik hinter sich lassen – wohin soll sich der Weise auf dem Bürgersteig wenden?

Krach wirkt entleerend aufs Gehirn. Urbanus postuliert die Stille für die Zukunft. Wir wollen endlich unsere Ruhe haben!

SOWEIT – SO GUT

Urbanus sieht sich leider wieder gezwungen, aus seiner stillen Klausur der Betrachtung auf den Markt der Öffentlichkeit zu eilen und dort die Alarmglocke des allgemeinen Denkens laut und wiederholt zu schlagen. Alle Mann an Deck! Die Wissenschaft ist in aller Stille schon wieder dabei, unser mühsam geflicktes Weltbild aus dem Rahmen zu stoßen. Man will unser Leben verlängern. Und gleich um das Doppelte.

Die Nachricht kommt aus einer immerhin respektablen Universität. Berichtet wird, daß die rührigen Forscher probate Mittel gefunden haben, das Sterben um mindestens achtzig Jahre hintanzuhalten. Sie schlagen Freund Hein, der mit Sanduhr und Hippe die Greise zu holen kommt, aus dem biologischen Felde, daß der sich, wissenschaftlich gefoppt, auf die Schwelle setzt und noch einmal ein Lebensalter warten muß. Der Tod lehnt am Türpfosten und dreht Daumen.

Urbanus weist den Verdacht sofort von sich, ein Propagandist des Todes zu sein. Das sei fern! Der Himmel segne die produktiven Torheiten der Jünglingsjahre. Nichts geht über die ernst-tätige Epoche des Mannesalters, das Urbanus zur Zeit wacker abdient. Und die Hände reibt er sich in Gedanken, wie es sein wird, wenn man alt, gut und vielleicht sogar endlich weise wird. Das hat seine ewige Ordnung. Soweit – so gut. Doch nicht weiter!

Denn nun stellen Sie sich vor, das Greisenalter würde tatsächlich prolongiert. Was tut ein Greis mit einhundertvierzig Jahren? Und was tut man mit ihm? Ella, heute so appetitlich-frisch – wie wird sie sich mit einhundertsechzig präsentieren? Und beide, Urbanus und Ella, jetzt traulich vereint – wie werden sie sich durch eingeimpfte achtzig Jahre als Philemon und Baucis vertragen? Und findet im zweiten Jahrhundert noch eine geistige Weiterentwicklung statt? Oder fallen uns nur noch die letzten Weisheitszähne aus dem übergreisen Munde? Und – auch das sei bedacht – wird uns nicht die große Langeweile ankommen, wie wir dann, fröstelnd und steinalt, am Fenster sitzen und auf der Straße des Lebens die faden Reprisen des Schicksals betrachten? Ob wir denn nicht doch gähnen und heimlich Freund Hein zuzwinkern?

Urbanus hält dafür, daß sich der liebe Gott etwas dabei gedacht hat, als er des Menschen Leben begrenzte. Und wenn es köstlich war, war es Mühe und Arbeit. Es ist nicht in der Ordnung, hat der Tag keinen Abend und der Abend keine Nacht. Das einfachste wäre freilich, man wartete ab, wie sich die Versuchsspritze bei ande-

Auf der Rennbahn, um 1950

ren auswirkt. Aber – natürlich! – um das beobachten zu können, müßte man selbst auch über die lange Strecke kommen. Der Leser bemerkt, wie Urbanus hier bei der Beschäftigung mit dem Widernatürlichen bezeichnenderweise schon über die eigenen Füße des Denkens stolpert.

Seltsame Menschen – die Wissenschaftler! Auf der einen Seite beschäftigen sie sich mit Erfindungen, des Menschen Leben radikal zu verkürzen mit Dynamit, Atomzersplitterung und Granaten. Zum anderen wollen sie uns den Lebensabend mit der Zeitlupe aufdrängen.

Sie sollen uns leben lassen, wenn's an der Zeit ist.

AN DER THEKE

Kein Wohlmeinender wird Urbanus nachsagen können, er gehörte zu der schwankenden Gilde der Potatoren. Verdeutscht wäre ein Potator ein Trunkenbold oder ein Säufer. Doch man soll keine Fremdworte für etwas einführen, das es gar nicht geben kann. Urbanus hofft Glauben zu finden, wenn er behauptet, daß er Kneipen gewissermaßen nur aus beruflichen Gründen aufsucht. Hier kann er seinen Forschungen am Menschlichen geruhsam nachgehen. Die Eckkneipe ist kein schlechter philosophischer Ort.

Hinter der Theke wohnt die Kalte Mamsell. Sie zapft am Hahn, läßt das schwachprozentige Bier in anmutigem Strahl in das Mollenglas laufen, versieht das Gefäß mit einer artigen Blume und kredenzt es uns gegen die behördlich vorgeschriebenen zweiunddreißig Pfennige. Wir setzen uns gegen die behördlich vorgeschriebenen zweiunddreißig Pfennige. Wir setzen die Molle an, schlagen den Staub, den dieser Tag wieder aufgewirbelt hat, nieder und haben so das Anrecht erkauft, im Verein mit einigen wackeren Männern gemächlich an der Theke zu lehnen, den Hut geruhsam im Nacken.

Nach dem ersten erfrischenden Schluck wischt man mit dem Handrücken den Schaum vom Munde und hat ihn frei für ein männlich-nachbarschaftliches Gespräch. Denn hier sind die Männer zu Hause und unter sich. Und das genießen wir. Und das Bier ist nur Vorwand. Kein Wort gegen die Bestrebungen des Frauenrechts. Aber eine Jungfrau, an die Theke gelehnt, wäre gegen jede männliche Ordnung und gehört sich nicht. Weibliche Personen werden zuweilen wohl mitgebracht. Doch sie haben im Sitzen zu trinken.

Wo sind wir denn schon unter uns? Wo kommen Gespräche mit wildfremden Männern so ohne Mühe in Gang? Wo hört man die Meinung des zufälligen Nachbarn so gelassen wie hier? Die stille halbe Stunde in der Dämmerzeit. Nichts geruhsamer als ein paar Worte an einem redlichen Schanktisch. Das Gespräch tröpfelt arglos. Manch verstohlener Seufzer wird hörbar. Die Sorgen, eben noch unübersehbar, werden jetzt mit leichtem Biere verdünnt. Und unschwer öffnet sich ein Herz dem anderen. Gegenüber die Kalte Mamsell, von der Phalanx der trinkenden Männer getrennt durch den glitzernden Schanktisch. Sie zapft an dem Hahn. Sie macht Kasse. Oder sie stopft Strümpfe in den Intervallen des männlichen Trunkes. Sie ist gern gelitten. Man nennt sie beim Vornamen. Sie spürt die maskuline Atmosphäre keineswegs. Und niemand wird auf den Gedanken kommen, unziemlich mit ihr zu flirten. Das wäre gegen die Regel.

Die Theke ist das letzte Reservat der Männer. Hier wurden Freundschaften fürs Leben angebahnt. Hier herrscht die völlige Entspannung. Und nirgends ist die »O wie wohl ist mir am Abend«-Stimmung so glücklich und so sicher anzufinden. Wie schön, daß in unseren Straßen zuweilen die Eckhäuser stehen. Und in ihnen zuweilen wieder die Eckpfeiler des gemächlichen Abendtrunkes. Die soliden Theken. Die feuchten Altäre der Männlichkeit.

Und darauf geht Urbanus jetzt eins trinken.

URBANUS BETRITT NEULAND

Ob der Mensch grundsätzlich gut sei oder böse, das ist ein Problem, mit dem die Denker aller Epochen, wie es so scheußlich heißt, gerungen haben. Urbanus wird den Teufel tun, sich öffentlich an diesem Ringen zu beteiligen und eine abgeschlossene Meinung hier in Druck zu geben. Doch so viel sagen kann er immerhin: Es gibt gute Menschen. Und es gibt böse Menschen. – Eine Binsenwahrheit, fürwahr. Aber gerade die sind meistens die wahrsten.

Daß es böse Menschen gibt, geht wohl ohne Widerspruch des freundlichen Lesers durch. Wird man aber aufgefordert, auf Anhieb und ohne zu zögern, wenigstens ein Halbdutzend guter Menschen zu nennen, so kommt die Antwort schon stockend. Oft genug stellt sich heraus, daß mancher in diesem melancholischen Zusammenhang nicht bis drei zählen kann. Hat man daher auf der steinigen Lebensstraße einen wirklich guten Menschen getroffen, soll man mit seiner Bekanntschaft nicht geizen.

Urbanus ist in der überaus glücklichen Lage, ein solches Exemplar der erstaunten Öffentlichkeit vorführen zu können. Tusch! Vorhang hoch! Und da steht nun auf der kleinen feuilletonistischen Bühne, angestrahlt von den Lichtern des Wohlwollens: der gute Mensch! Ich bitte um Beifall.

Ehe der Leser in den geforderten Applaus ausbricht, wird er füglich wissen wollen, warum gerade der klägliche, kleine Mann in dem zerknitterten Anzug dort oben gut sein soll. Gemach! Dieser Mensch hätte klauen können. Und tat es nicht. Tatsächlich, der Mann ist gut. Der schusselige Urbanus hatte seine Brieftasche danebengesteckt. Sein Barvermögen, Ellas und seine gesamte Ernährungsbasis in Form der Karten, ein unwiederbringlicher Ballen Bescheinigungen und Ausweise, alles in der Gosse. Urbanus ging dahin, war schlagartig verarmt, nur im Besitz eines Hungertuches und eigentlich gar nicht da. Kein Ausweis konnte ihn ausweisen. Die Katastrophe war von einer radikalen Vollständigkeit.

Bis der gute Mensch des gleichen Weges kam. Er hob Geld, Karten und Urbanus' vielfach gestempelte Identität aus dem Schmutz der Gosse und stellte sie dem Verzweifelten wieder zu. Den Dank, Urbanus, begehr' ich nicht! Und schon war er davon.

Sie sagen: »Nur selbstverständlich!« Aber, werter Leser, halten Sie zwei Lebensmittelkarten in der Hand, auf denen zudem das Fett auf Dekade II noch intakt ist – ob Ihre Moral da nicht ins Schaukeln kommt, bleibt erst zu zeigen. Wenn, nach Busch, das Gute nichts ist als das Böse, das man läßt, dann ist jener kleine Mann dort oben grundgut. Und Ihr Beifall gilt keinem Unwürdigen.

Den Journalisten der ganzen Welt ist der Vorwurf nicht zu ersparen, daß sie das Böse als Nachricht bevorzugen. Mord, Totschlag, Raub der Portokasse, arglistiger Ehebruch – das füllt die Spalten. Aber Überschriften wie: »Lieber Knabe trägt altem Mütterchen Koffer zum Bahnhof« oder »Menschenfreund verschenkt Raucherkarte« – dergleichen kann man in der gesamten Weltpresse lange suchen.

Urbanus betritt journalistisches Neuland. Er zeigt erstmalig: den guten Menschen. Seien Sie gut zu ihm, liebe Leser!

APPLAUDITE, AMICI!

Literarische Spaßvögel haben fern im Angelsächsischen einen sonderbaren Preis gestiftet. Nicht dem epischsten Epiker, nicht dem lyrischsten Lyriker soll die Krone werden. Nicht der erregendste Dramatiker wird als erster das papierne Zielband zerreißen. Man sucht prägnante Formulierungen, wie sie der Mensch an einer besonders kritischen Wendung des Lebenslaufs benötigt. Man prämiiert »Letzte Worte«.

Letzte Worte, an der Schwelle der Ewigkeit gesprochen, brauchen an sich keinesfalls profund zu sein, um ihre Wirkung auf die Nachwelt zu tun. Wenn ein großer Musiker in diesem radikalen Zusammenhange äußerte: »Zu spät!«, so werden unversehens zwei Einsilber zu einem Donnerwort, das beklagenswert Fragmentarische alles Menschlichen verdeutlichend. Wenn eine junge Malerin schließlich nur verlautbart: »Wie schade!«, kann sich keiner der rührenden Bejahung zum vollen Leben entziehen und der graziös achselzuckenden Art des Abschiednehmens. Kaiser Augustus hinwiederum hatte offenbar seinen letzten Seufzer gründlich präpariert, als er, auf seinem Prunksterbebett ausgebreitet, den imperialen Mund auftat zu einem letzten »Applaudite, amici!« Klatscht Beifall, Freunde! Das riecht nach Vorbesprechung und Beschluß im Staatsrat.

Wie unser geschütteltes Geschlecht sich, jeder allein, aus der extremsten Situation ziehen will, das bleibt gemeinsam mit den Preisrichtern gespannt zu erwarten. Und zu hoffen bleibt immerhin, daß es versöhnliche Worte sind, die man vorschlägt. Eine doch bejahende Stimme, aus den wirren Posten des Daseins mit dem letzten Seufzer gezogen. Eine gute Bestätigung, daß die Zeit, die der Mensch oberhalb des Rasens verbringt, trotz aller Bedrängnis die schlechteste nicht ist. Und daß es ein tägliches Glück ist, solange uns die Sonne noch direkt bescheint.

Die lebensfreudigen Bewohner der Insel Bali haben zwar das Pulver nicht erfunden. Sie sind daher auch nicht in der Lage, einen vernünftigen Krieg zu führen. Auch das Geld ist ihre Erfindung nicht. Sie sind aus diesem Grunde der Mühe enthoben, sich für ein Konto auf der Bank aufzureiben. Und der Begriff der Karriere kommt in ihrem Wortschatz nicht vor. Sie haben Zeit, das Leben zu genießen, und werden als glücklich geschildert, wenn auch als halbnackt und der Zivilisation dringend bedürftig.

Aber da sie das Leben inbrünstig lieben, haben sie den Begriff der Todesfurcht auch nicht in ihrer primitiven Vorstellung. Was hier so schön ist, sagen sie, kann nicht plötzlich in Schrecken und Dunkelheit enden. Sie verehren den Tod und feiern ihn neugierig und lange.

Urbanus hätte nicht übel Lust, sich dienstlich für einige Zeit auf die Insel Bali versetzen zu lassen, um bei den nackten Wilden die Weisheit zu lernen. Vielleicht, daß man dann die Londoner Preisrichter mit einem letztgültigen Spruch erschlagen könnte. Doch – wozu die Mühe: ist es soweit, schickt sich Urbanus einmal an, wie der Volksmund so drastisch und heiter sagt, den Löffel endgültig fortzulegen, wer weiß, ob die vorbereitende Mühe sich lohnt. Das letzte Wort hat, im Zweifelsfalle, wie immer auch dann noch – die gesprächige Ella.

LOB DES STUMPFSINNS

Nähme der denkende Zeitgenosse die Fragen des Daseins auch nur annähernd so ernst, wie sie genommen zu werden verlangen, wäre er stündlich und philosophisch sozusagen dauernd auf Hochtouren – er fände des Morgens schon vor lauter kompakten Problemen nicht aus dem Bett, der warmen Etappe der Nacht.

Er hat geschlafen. Für Stunden war der Organismus vom Bewußtsein verlassen. Der streunende Geist war abwesend von diesem Stern. Der geplagte Körper ruhte währenddessen auf der defekten Matratze und röchelte rhythmisch. Fürwahr, ein unerklärbares Phänomen. Man sagt »Schlaf« dazu. Aber damit ist nichts bewiesen. Das Rätsel der Nacht bleibt ungeklärt. Körper und Geist, tagsüber inseparabel – hat man den Wecker gestellt, die Haustür sorglich verschlossen, die Zähne geputzt und Ella zur Guten Nacht auf die reine Stirn geküßt, wälzt man sich wohlig auf die Seite: schon trennen sich die beiden Komponenten unserer Persönlichkeit. Erst der lästige Weckruf des Weckers versammelt sie wieder in unserer Person. Rätsel. Völliges Dunkel. Es heißt »Schlaf«. Aber das ist nicht mehr als ein Wort, ein sprachlicher Paravent, vor einen philosophischen Abgrund gestellt. Das Rätsel bleibt Rätsel.

Womöglich hat man geträumt. Was nun wieder ist das? Wirre Blasen des Unterbewußtseins. Und das Unterbewußtsein? So kommt man nicht weiter. Man tastet sich im Grunde nur von Wort zu Wort, von Paravent zu Paravent. Und hinter jedem ein gedanklicher Abgrund.

Die rüstige Ella tritt herein und bringt das warme Rasierwasser. An ihre kleine Ferse geheftet schon wieder ein Rattenschwanz von Unerklärlichem. Die Zuneigung, die ihr schon in aller Morgenfrühe gilt – woher kommt sie? Und warum gerade zu ihr? Die Welt ist doch voll Weiblichkeit, und gar nicht einmal immer reizloser! – Und schon ist der denkende Zeitbetrachter in Gefahr, sich im philosophischen Irrgarten der baren Erotik zu verlaufen. Er bremst schnell die Fülle der Gedanken und faßt an den Bart. Schon verheddert er sich in ein neues Problem. Wie kommt's, daß der sprießt über Nacht? Wachstum aus Haaren am Kinn. Doch was treibt es hervor? Schon wieder steht der kaum erwachte Zeitbetrachter vor einem biologischen Abgrund.

Und der Tag fängt erst an. Er sieht auf den Wecker. Es ist höchste Zeit. Aber Zeit, was ist das? Gibt es Gegenwart überhaupt? Denn der Zeiger wandert. Im Grunde ist die Gegenwart immer gerade vorbei. Nur Vergangenheit gelten und Zukunft. Tja, um Himmels willen, wenn es aber genau genommen keine Gegenwart gibt – wozu dann das alles?

Wer, wenn er die Fragen des Lebens ernst nähme, könnte überhaupt morgens ein Bein aus dem Bette heben, ohne es wieder in die Schlingen der Rätsel zu setzen, die dort warten? Uns stehe der Himmel bei!

Und der Stumpfsinn! Der sanfte Stumpfsinn rettet uns. Der Sinn ist stumpf, und nicht alle Probleme, die sich aufdrängen, werden angeschnitten. Wo kämen wir hin? Der rege Geist würde heißlaufen schon kurz nach dem Erwachen. Und statt eines Hutes trügen wir eine kalte Kompresse. Der gemäßigte Stumpfsinn rettet den Menschen vor der gedanklichen Selbstzerfleischung. Der gemäßigte, wohlgemerkt. Er federt uns ab von den Fußangeln des Tiefsinns. Er läßt es uns aushalten in der Gesellschaft von Zeitgenossen, vor denen man, sähen wir genauer hin, nichts als Abscheu zu empfinden hätte. Er hält uns davon ab, jede Stunde des Tages scharfsinnig, unleidlich, radikal und trostlos ungemütlich sein zu müssen. Der sanfte Stumpfsinn.

Wie gut, daß es ihn gibt.

LETZTE LEKTION

Haben sie gelesen von dem fröhlichen Erdbegräbnis des weisen Dorfschulmeisters in einem kleinen Flecken bei Antes im Lande Frankreich? Wie, als das goldene Herz und die nimmerruhende Hand des Magisters aufgehört hatten zu schlagen, die Gemeinde sich am offenen Grabe versammelte; wie alles im Umkreis gerade so schön traurig war und den Boden des kleinen Friedhofes mit einem Regen redlicher oder falscher Tränen näßte. Und daß dann plötzlich die Stimme des lieben Toten erscholl, denn er hatte mit seinem letzten, augenzwinkernden Willen bestimmt, man solle einen Phonographen im Wacholder verbergen und eine vorbereitete Platte sprechen lassen. Da haben die lieben Leute in ihren schwarzen Gewändern einen kleinen Schrecken bekommen, als der alte Fuchs von einem Lehrer ihnen an seinem Grabe die letzte Lektion erteilte, eine Unterweisung der Weisheit an geschaufelter Stätte.

Sie sollten, verlangte die Stimme, ihre Taschentücher, die lästigen Flaggen der Trauer, einziehen und hingehen ins Schulhaus. Fünfhundert Flaschen voll prächtigen Weines harrten dort ihrer. Die sollten sie auf der Stelle leeren und ihres alten Lehrers bei erhobenen Gläsern, mit trockenem Auge und beim Klang fröhlicher Rundgesänge gedenken. Die Trauergemeinde ging hin und tat, wie geheißen. Und sie sind fröhlich gewesen und getröstet und endlich gottvoll berauscht.

Man wird verstehen, daß Urbanus es nicht unterlassen kann, an das verlassene Grab dieses göttlichen Mannes zu treten, den Hut devot vom Kopfe zu rücken und dem Lehrer der Weisheit drei Handvoll seiner körnigen Prosa nachzuwerfen.

Das Leben ist notorisch kurz. Und der Lehrmeister von Antes tat wirklich weise daran, sein eigenes Trauergeleit davon abzuhalten, die geringe Zeit, die dem Menschen gesetzt ist, mit Wehklagen und mit der Beschäftigung mit Erkaltetem zu vertun. Das Leben, verkündete die unverhoffte Stimme aus dem Wacholderbusch, ist eine Herrlichkeit. Und wer mit fünfhundert Flaschen Burgunders gesegnet ist, kann sich die Herrlichkeit des puren Daseins noch beträchtlich versonnen. Und das ist das andere, was der aus dem Sarge gereckte Zeigefinger des Pädagogen lehrt –: der Mensch soll nicht streben, daß am Ende seiner Laufbahn sich trauernde Hinterbliebene an dem kleinen Loch in der Erde versammeln. Er möge sorgen, daß er wirklich lachende Erben hat. Wie er, der Lehrer von Antes.

Drei Hände voll Dank auf das fröhliche Grab! Und wie Urbanus den Hut wieder ins Genick schiebt und sich neu dem Tage und dem sausenden Leben widmet, bedenkt er, ob in Europa ein neues Geschlecht von Schulmeistern heranwächst, genau so weise, genau so lebensverschmitzt, genau so heiter aus Klugheit, so hingegeben der Sonne, so Feind der Traurigkeit. Wen würde es da nicht jucken, noch einmal die Schulbank zu drücken und sich, wenn's not tut, getrost auch versohlen zu lassen?

Drei Hände voll Dank auf dies einsame Grab.

GUTER MOND

Spät abends geht der Mond auf. Früh morgens geht er unter. Das unterscheidet ihn von der lieben Sonne. Je nach Mondkalender erscheint er in voller, halber oder viertel Ausführung. Das macht ihn so abwechslungsreich. Natürlich ist er ein kommuner Planet wie unzählige andere, nur eben der vielfach gegerbten Haut unserer alten Erde der nächste. Das gibt ihm magische Wirkung.

Die Fülle des Meeres regiert er mit Hilfe der Gezeiten. Mondsüchtige gehen in ihrer Abhängigkeit von dem kühlen Gestirn so weit, das warme Bett zu verlassen, um einsam auf dem Dachfirst zu wandeln. Das bleiche Nachthemd weht ihnen gespenstisch ums Knie. Die Arme halten sie starr nach vorn gestreckt. Und erst bei Monduntergang kehren sie in die Bürgerlichkeit und unter das Plumeau zurück.

Liebende hingegen bekommen offenen Auges beim Anblick der silbernen Scheibe das Seufzen und die Sehnsucht bei Nacht. Sommernächte wie diese sind Jahr für Jahr durchsetzt vom hilflosen Chor der Liebenden. Sonst starke und keinesfalls anfällige junge Männer legen die Hand um die Hüfte eines Mädchens. Sie heben die Häupter gemeinsam in Richtung des Silbergestirns, stoßen den Atem hilflos aus und seufzen im Chore. Den Mond selber kümmert es nicht. Er scheint nur. Halb, voll oder viertel.

Von Klopstock bis Ringelnatz haben die Poeten dem Mond vortreffliche Verse gewidmet. Sie sind in kalter Nacht immer wieder vor die Schwelle der eigenen Prosa getreten, haben zum Himmel gesehen und fühlten im Anblick des runden Gestirns die eigenen Versfüße selig beflügelt. Aber nichts übertrifft die Anrufung des runden Sternes durch den Schwan vom Avon. Urbanus bittet aus Platzmangel den literarisch versierten Leser, die göttliche Stelle im »Kaufmann von Venedig« selbst zu erblättern. Er benötigt den restlichen Raum seines besinnlichen Eckchens, um dem gleichen gefälligen Leser sozusagen mitten im friedlichen Mondschein eine kalte Dusche der Erkenntnis zu versetzen.

Der Mond ist furchtbar. Es wurde ganz klar, denn man hat neuerdings stärkste Telelinsen zu Hilfe genommen. Und nun hat man's im Bild, zum Greifen nahe. Eine scheußliche Gegend. Krater, Trümmer. Wüsten. Schroffes Gestein. Unwirtlich an jeder Stelle. Der Mond ist ein greulicher Platz, das zeigen die Photos. Kein Gegenstand des wehmütigen Seufzens. Kein Objekt poetischer Anrufung im Mantel der Nacht. Die Wissenschaft hat wieder einmal der menschlichen Sehnsucht gehörig aufs Maul geschlagen.

Und das, natürlich, ist furchtbar.

Wer den Mond durch die Telelinse gesehen hat, zieht die krustige Erdoberfläche vor. Das will etwas heißen. Und Mondsüchtige werden unschwer zu heilen sein, daß sie nicht mehr bei flatterndem Nachthemd auf dem Dachfirst wandeln, zeigt man ihnen nur den Gegenstand ihrer Sucht einmal bei Tage und auf Glanzabzug. Sie bleiben im Bett.

Uns aber ist wieder allen eine Illusion gestorben, weil die Wissenschaft uns anhält, genauer hinzusehen, als der reinen Sehnsucht zuträglich ist. Abzuwarten bleibt, ob nun weniger Dummheiten von jungen Menschen unterschiedlichen Geschlechts im milchigen Lichte des Mondes begangen werden. So vieles wurde uns genommen. Es bleibt wieder neu zu erproben, ob das bei dem kalten Stand der Erkenntnis noch ein Trost ist wie früher: des Nachts vor die Schwelle zu treten. Voll Inbrunst die sommernächtliche Luft einzuziehen. Und nur in den Mond zu sehen.

LAWINE DES IRRTUMS

Das Glück ist ein fragwürdiges und schwer faßbares Gebilde. Man kann ganze Wochen hindurch glücklich sein und merkt es gar nicht. Erst nach Jahren geht einem auf, daß man zu einer bestimmten Epoche des Lebenslaufes so etwas wie ein glücklicher Mensch war. Hätte uns damals aber jemand gefragt nach unserem Befinden, wir hätten skeptisch das Haupt gewiegt, die Stirn gerunzelt und bemerkt, daß die Welt schlecht und die Zeiten schwer seien. Glück ist leider erst als solches erkennbar, wenn es vorbei ist. Unser Pech.

Ein kleiner lebenerhaltender Kniff unserer Natur, denn würden wir das Glück erkennen, solange es unter unserem Dache kurzfristig wohnt, wir würden aufhören, nach ihm zu streben, würden das Haupt an seine Schulter lehnen, träge werden und einschlafen. Eine positive Finte des Schicksals also, daß das Glück immer am anderen Ufer wohnt. Wir müssen hinüber. Kommer wir an, versuchen wir's zu greifen, ist es schon wieder fort. So bleibt der arme Mensch fleißig in Trab, setzt seelisch kein Fett an, und seine Sehnsucht nach dem Vollkommenen kommt nicht aus dem Training.

So war es bis gestern zumindest. Urbanus, im stillen mit der Unvollkommenheit aller Glückseligkeit durch bittere Erfahrung bekannt, wird aus seiner Erkenntnis gerissen. Herr Olgers, der Träger der Briefe, pocht an die Tür und überreicht ihm eine Anweisung auf Glück. In krakeliger Handschrift. Sechs Tage muß der skeptische Kommentator des Tiefsinns noch warten, dann wird Jubel, wird Trubel und Glück bei ihm wohnen. Fortuna, die leichte Göttin, wird ihm verheißen, trete persönlich und mit vollem Füllhorn in seine ausgebombte Stube.

Was ist los?

Ein schwachsinniger Herr in Flandern hat einen Brief in Umlauf gesetzt, in vierfacher Ausführung. Darin fordert er die Empfänger auf, ihrerseits dieses Dokument des Aberglaubens vierfach abzuschreiben und zu versenden, auf daß eine Kette von Briefen entstehe, deren Endzweck es sein wird, viermal um die Erde zu wandern. Ein Regen von Briefen. Eine Lawine des Irrtums. Eine Mammutkorrespondenz des Schwachsinns, zusätzliche Arbeit, Verschleiß an Papier und einige Furcht verbreitend. Denn es wird auch Urbanus angedroht, sollte er die Kette postalischen Stumpfsinns unterbrechen, daß er sich das Bein bricht, er mit Ella in Unfrieden lebt von Stund an, oder ihm gar die nächste Zuteilung an Rauchwaren nicht zuteil wird. Der Teufel ist an die Wand gemalt.

Leider hat der Initiator der Brieflawine in Flandern seine Adresse nicht beigefügt, sonst könnte ihm Urbanus aus seinem bescheidenen Laboratorium der Erkenntnis mitteilen, daß er brieflich auf dem Holzwege ist. Das Glück ist nicht herzustellen durch die Abschrift eines drohenden Briefes mit vierfachem Durchschlag. Glück läßt sich nicht befehlen, wie Liebe nicht. Auch nicht aus Flandern. Glück kann bestehen aus einem gebratenen Schnitzel, aus zwei Mädchenaugen, aus einer Wolke am Himmel, dem letzten Handgriff an einer Arbeit, aus einer törichten Erinnerung, aus einer Stunde über einem Buch. Der Möglichkeiten sind viele. Glück ist zusammengesetzt aus Schweiß, Gnade, Empfänglichkeit, viel Bescheidung und Willen zur Güte. Ein diffiziles Rezept. Nicht oft gelingt seine Mischung. Urbanus schenkt es dem simplen Kettenbriefknüpfer in Flandern. Das täglich viermal abgeschrieben und mit Porto versehen – das lohnte den Aufwand und wäre eine Mitteilung, wert, viermal um die Erde zu wandern.

Das andere Schriftstück aber, Urbanus zerreißt es nicht. Er tut es seufzend in sein Archiv der menschlichen Torheit.

ERDKUNDLICHER SKANDAL

Die Erde ist gar nicht rund. Kürzlich stand es in den Zeitungen in schlichtem Petitsatz zu lesen. So kam es natürlich, daß es von den meisten gar nicht gelesen wurde. Dabei handelt es sich doch offenbar um ein sogenanntes dolles Ding. Der Herr Professor Isotow hat diese wahrhaft epochale Mitteilung gemacht. Doch nicht genug damit: er hat bei dieser Gelegenheit der alten Erde um die krustige Taille gefaßt und ihre Weite gemessen, und siehe da, sie ist voller geworden. Alle Welt nimmt ab. Die Erde nimmt zu. Um achthundertfünfzig Meter Mittelweite. Frühere Zahlen sind falsch.

Das alles, natürlich, ist erschreckend. Achthundertfünfzig Meter sind kein Pappenstiel. Eine hurtige Zeitung ging in der ersten Hitze des Gefechts so weit, anstatt Meter Kilometer zu drucken. Der gutgläubige Urbanus fiel vom Stuhl und war bis zur Berichtigung schlaflos. Er ist nicht versnobt genug, so zu tun, als hätte er eine Vorstellung davon, wie lang der Äquator bislang veranschlagt wurde. Als der Erdkundelehrer die damals für genau geltenden Daten der erstaunten Obersekunda mitteilte, stellte der junge Urbanus unter der Bank und auf Grund frühreifer Gefühle in der Brust schlechte Verse auf junge Mädchen her. Die Mädchen sind fort. Das geographische Problem ist geblieben. Und wenn die Ehrlichkeit in der Welt selten geworden ist – wo fast tausend Meter wortwörtlich von der Erdoberfläche verschwinden konnten und verschoben wurden, da ist wohl tatsächlich einmal Grund, laut ins Horn der Entrüstung zu stoßen. Wenn es Kilometer gewesen wären, wie das verwirrte Blatt zuerst meinte – das wäre aufgefallen. Aber noch achthundertfünfzig Meter sind ein ganz schöner Schluck aus der erdkundlichen Pulle.

Was haben sich die bisherigen, unredlichen Messer des Äquators gedacht? In wessen Diensten standen sie, als sie eine Kilometerstrecke einfach unter den geographischen Tisch fallen ließen. Hier muß Untersuchung und Strafe eintreten, daß es schließlich nicht heißt, man ließe die kleinen Schieber sühnen, und wer sich am alten ehrlichen Globus vergreift, den ließe man laufen.

Der Dank für die Entdeckung gilt uneingeschränkt dem Professor Isotow und seiner wissenschaftlichen Vigilität. Was er uns aber mit der Feststellung, daß die Erde eine Ellipse am Äquator darstellt, eingebrockt hat, ist weniger erfreulich. Urbanus ist bisher in mancher nachdenklichen Stimmung an seine kleine Erdkugel auf dem Bücherbord getreten. Man stieß daran, und sie drehte sich. Fünf Erdteile schwirrten am Auge vorüber, und das Herz faßte eine versöhnliche Zuneigung zu unserem wohnlichen Planeten, der seit Äonen so wacker seinen Dienst tut, seine Bahn einhält, Zusammenstöße vermeidet und noch Zeit findet, sich selber ständig und anmutig zu drehen.

Die Anmut ist hin, und Urbanus kann seine kleine Erdkugel fortwerfen. Denn man müßte sie einbeulen, um der neu gefundenen Ellipsenform und der Wahrheit gerecht zu werden. Die Erde wandert nicht als tanzende Kugel, schmuck und dem Auge erfreulich, durch den Äther. Sie eiert im All. Das ist scheußlich. Professor Isotow hat nicht nur unsere Vorstellung von der Erde, er hat auch unser Selbstbewußtsein böse einbeult. Es wird dauern, bis es sich davon erholt.

HUNDSTAGSMELDUNG

Wir sind in die Hundstage gekommen, die Zeitspanne, in der für glücklichere Generationen publizistisch die Sauregurkenzeit stattfand. In den Sommerferien konnten unsere Großväter unbedenklich das Abonnement ihres Blattes unterbrechen. Sie kühlten sich den Vollbart in der Ostsee. Zu Hause passierte nichts. Es hatte nichts zu passieren. Es war Sauregurkenzeit auf den Redaktionen und der Zeitgeist hielt inne und gähnte sich eins.

Wie anders heute. Urbanus trägt weder einen Vollbart, noch sieht er Gelegenheit, heuer in irgendeinem Meere zu baden. Aber gesonnen war er trotzdem, für zwei Tage aus der Stadt zu entweichen. Er hatte schon die Ärmel hochgekrempelt, einen Knotenstock in der einen und die sommerlich gekleidete Ella an der anderen Hand, um beim großen Pan Visite zu machen und die Wolken über dem Walde zu lieben. Da warf ihn ein Ereignis an das Denkgeschäft und an die Schreibmaschine zurück. In Amerika ist es passiert und verlangt nach Meldung und bedächtigem Kommentar.

In Atlantic City war dieser Tage Schönheitswettbewerb. Die Töchter des Landes kämmten sich die Haare, wuschen und schmückten sich und stellten sich so den Richtern der Schönheit, nicht nur einem Paris, sondern gleich einem Gremium davon. Und das richtete nun.

Die Presse war vertreten. Das Volk lief zuhauf und genoß Schönheit und Gestalt auf diesem Jahrmarkt der Eitelkeiten. Sogar die Wochenschau war da, um in Bild und Ton die Aphroditen von Atlantic City festzuhalten. Und das eben war Joseph Drillings Tod. Er bediente die Kamera. Er peilte die weiblichen Ziele des öffentlichen Wohlgefallens durch die Linse an. Er schärfte das Objektiv und erblickte die Schönheit. Er hatte gerade noch Zeit, die Kamera anlaufen zu lassen. Dann sank er tot um, im Auge noch den Glanz des Vollkommenen. Er starb in den Sielen. Und nun fragt sich die Welt, wie das kam.

Schönheit und Tod – bereits der müde Graf Platen hat tiefsinnig bemerkt, wie der, der die Schönheit angeschaut mit Augen, dem Tode schon anheimgegeben sei. Und die Weltliteratur ist reich an Beispielen, daß die völlige Vollkommenheit zu schauen dem menschlichen Auge nicht zuträglich ist. Daß einer erblindete im Angesicht des Schönen, oder daß er in die Knie sank und von Stund an die Ruhe des Herzens verlor, davon steht in den Büchern wiederholt zu lesen. Aber Herzschlag als prompte Reaktion, ein Blick – und schon tot, dafür findet sich selbst in den Schriften der Alten kein Beispiel.

Natürlich bleibt die nächste Wochenschau abzuwarten mit dem Streifen, den der bedauernswerte Drilling mit so letalem Ausgang exponierte. Erst das Negativ in der Hand, wird man Positives sagen können, ob der Operateur nicht tragisch irrte, oder ob er in ästhetischer Hinsicht zu Recht ins Gras biß vor dem Tempel der Schönheit. Man darf wohl gespannt sein. Den jungen Mädchen unter uns aber gelte der tragische Vorgang von Atlantic City als Warnung, welche umwerfende Macht ihrer Jugend und Wohlgestalt innewohnt. Daß sie sie nicht mißbrauchen. Daß sie die Männer damit beglücken und ihr Leben beschwingen, doch es niemals gefährden.

Ob die Meldung gut ist oder schlecht, ist ebenso schwer zu entscheiden wie, ob der Tod des empfindsamen Drilling ein schöner Tod war oder ein tragischer. Jeder entscheide das selber. Sicher ist, daß es eine gute Zeit war, als es noch eine geruhsame Sauregurkenzeit gab in der Hitze des Sommers. Und nun gibt es nicht einmal saure Gurken.

LEERLAUF

Ein typisches Zeichen der Zeit ist es, daß keiner welche hat. Das hört sich ebenso blödsinnig an, wie es ist. Die Menschheit hat sich seit Jahrhunderten zerfetzt, eine Reihe ausgezeichneter Bequemlichkeiten zu erfinden, mit denen Zeit zu sparen ist. Strecken, die man vor Jahrzehnten noch mühsam und in Wochen zurücklegte, sind heute ein fliegerischer Spaß von wenigen Stunden. Langwieriger Schriftwechsel entfällt für den, der an den geschwätzigen Telephondraht angeschlossen ist. Weisheiten, die man früher schwarz auf weiß nach Hause tragen und besitzen wollte, mußte man sich mit dem trägen Federkiel abschreiben. Ein Buch zu kopieren, war ein halbes Lebensgeschäft. Heute stößt die asthmatische Druckerpresse die Erkenntnis der Menschheit täglich in tausenden Exemplaren aus; wir legen drei Mark zur Kasse – und schon sind wir weise wie der alte Schopenhauer, wenn wir so klug sind, das Druckwerk zu lesen. Früher gab es den beschwerlichen Gang zum Brunnen. Heute springt das Wasser aus der Wand. Früher mußte man mühsam Feuer schlagen und die blakende Fackel entzünden, wollte man sein Stübchen erleuchten. Heute greift die linke Hand beiläufig zum Schalter. Und schon steht die Beletage im Licht gebadet.

Der Beispiele, wie die Technik die Zeit übertölpelt hat, sind ohne Zahl. Man sollte denken, der Mensch hätte Muße, den Tag auf dem Sofa zu sitzen, die Hände auf dem Bauch zu lagern und genießend die Daumen zu drehen. Aber – schnickschnack! – der Effekt ist ein anderer. Nie hat der Menschheit die Zunge so aus dem Halse gehangen im Wettlauf mit dem hurtigen Vater Chronos, dem Gotte der trabenden Zeit. Niemals war Zeit so rar wie jetzt, da sie auf der Straße liegen sollte.

Urbanus ist nicht unterrichtet, wie der dicke König Friedrich Wilhelm IV. jetzt an der Börse der Historie gehandelt wird. Daß er bisweilen ein witziger Hund war, steht außer Frage. Als man ihn zum Bau der Eisenbahn Berlin-Potsdam überreden wollte, versuchte man mit der Lockung den Konsens zu erhalten: er könne, wenn er mit der zu bauenden Bahn Berlin um sieben Uhr morgens verließe, um acht schon in Potsdam sein.

Hier gab der dicke Monarch eine Antwort, die aus einer klassischen dummen Frage bestand. Er sagte: »Und was tue ich um acht in Potsdam?« Die Replik ist trefflich und entblößt das Problem der leerlaufenden Schnelligkeit bis aufs Fleisch. Die Fürsprecher des gedankenlosen Zeitgewinns standen aufs Maul geschlagen. Denn was mit den gewonnenen Stunden begonnen werden sollte, das freilich hatten sie nicht überlegt.

Die Eisenbahn wurde trotzdem gebaut. Und sogar heute ist sie, wie der Fortschritt meldet, wieder durchgehend im Gange. Ob nur Philosophen auf dieser Strecke pendeln, ist äußerst fraglich. Aber nicht nur hier. Auf allen geölten Wegen des Erdballs huschen die Hurtigen hin und her. Sind sie irgendwo angekommen, bedenken sie nur, wie sie nun wieder weiterkommen. Sie besprechen, sie planen, sie organisieren und laufen heiß an. Inzwischen geht die schöne Seele baden.

Ein Mann in kräftiger Tätigkeit, die Hand an der Arbeit, den Tag gefüllt von Plänen und Energie – kein schöneres Bild. Doch die Zeit ist begrenzt, und das Leben ist kurz. Und gut ist es, wenn hin und wieder die kluge Fee aus Grimms Märchen am Wegesrand steht, den Finger hebt und mahnt: das Beste nicht zu vergessen.

AM GELDE HÄNGT

Es gibt Leute, die das Geld lose in der Tasche tragen, und solche, die es in einer Börse verwahren oder es in das Schnupftuch einschlagen. Die ersten sind die Herren des Geldes. Wenn sie so recht nonchalant in der Hosentasche zu wühlen beginnen, geraten sie bei uns in den Geruch der Wohlhabenheit. Die anderen ziehen, wollen sie das Abendblatt sich kaufen, mit Umstand erst das Portemonnaie hervor und greifen sich den Groschen. Im Auge der Umwelt sind sie Knicker und Filze und ärmlich. Aber wie so oft, trügt hier der Schein. Denn es ist fast als sicher anzunehmen, daß der Mann mit dem losen Gelde einen Hang zur Verschwendung hat, während der andere sich einen Schutzwall vor den Mammon legt, ein Fort, das die Versuchung erst erstürmen muß.

Denn der Versuchungen zum Geldausgeben sind anerkanntermaßen viel zu viele. Für eine kümmerliche Mark ist man heutzutage in der Lage, sich die gesamte Geschichte der Philosophie aus zweiter Hand zu kaufen. Oder: Abend für Abend können wir uns für den gleichen Betrag die Stube erhellen und alle Dunkelheit verdrängen. Oder: Wir können uns an Hand von Flimmerbildern die Große Welt vorgaukeln lassen und in zwei Stunden so viel Schurkerei, Liebe und Hochherzigkeit in uns aufnehmen, wie wir in einem Leben gar nicht verbrauchen können. Wahrlich – reich ist, wer eine Mark besitzt!

Wer sie nicht hat, muß sie sich pumpen. Eine Mark ist in diesem Zusammenhange lumpig und unfein. Wer hundert pumpt, erhält sie ohne große Schwierigkeiten. Wer darüber einen Kredit aufnimmt, wird auf der Bank mit Verbeugung empfangen, und die Kommissionen gar, die übers Meer fahren, um dort Millionenpumpe aufzunehmen, kommen aus Ansprachen und offiziellen Empfängen nicht heraus.

Das ist umso erstaunlicher, weil die Erfahrung wieder lehrt, wie es sich mit der Rückzahlung verhält. Die eine Mark bekommt man so gut wie sicher am nächsten Freitag wieder; die hundert Mark bestimmt so bald nicht, und wenn, dann nur in dünnen Raten. Noch höhere Beträge kommen, je größer, um so stockender zurück. Und von den großen Staatsanleihen, von denen, die die Ansprachen und die Bankette auszulösen pflegen, hat man nie gehört, daß sie zurückgegeben worden wären.

Urbanus will, nahe dem Ultimo, nicht in den Verdacht geraten, als würde der ungerechte Mammon ihm zur Zwangsvorstellung. Aber sonderbar ist es doch, wie der Nervus rerum, wie ein paar lumpige Blätter bedruckten Papiers das bürgerliche Selbstbewußtsein positiv beeinflussen. Solange Reichtum keine Schande ist, wird wahrscheinlich die Welt nicht besser werden. Solange wir am Gelde hängen, wissen wir wahrscheinlich nicht, was Freiheit ist. Andererseits kann erfahrungsgemäß nur der das Geld verachten, der es besitzt. Und der nur steht darüber, dem es zu Füßen liegt.

Da fällt Urbanus ein: wer pumpt ihm dreißig Eier bis zum Ersten?

REVOLUTION AM BRIEFKASTEN

Jedesmal, wenn in unserem Lande eine Revolution ausgefallen ist, wenn sich eine Neuerung im Regierungssystem zugetragen hat, so merkt das der Staatsbürger nicht an dem Lärm auf der Straße. Keine Bastille wird gestürmt. Kein Volk steht auf. Kein Sturm bricht los. Hierzulande leben wir politisch von den sogenannten »kalten« Umwälzungen. Und es ist Gefahr, daß viele politisch leider indifferente Bürger gar nicht merken, daß sich da so etwas wie eine gründliche Veränderung des öffentlichen Lebens zugetragen hat. Nicht die Menge selber brodelt und siedet und zischt im gemeinsamen Topf und verlangt nach Veränderung und neuer politischer Erwärmung. Der Topf, wie er da ist, wird von dritter Hand und von außen auf eine neue Flamme gesetzt und mit verändertem Feuer politisch beheizt.

In weiten Kreisen ist die tätige Beschäftigung mit dem allgemeinen Wohl eine suspekte Angelegenheit. Gebranntes Kind scheut Feuer. Und so tut man das Törichste, was sich tun läßt. Man tut gar nichts. Man hält es mit dem verstaubten Gustav Freytag: Politik verderbe den Charakter. Dabei aber macht man nur den Fehler, daß man beiseite steht, und so – unversehens – der Politik den verdorbenen Charakter zuspielt und schließlich aus dem öffentlichen Staunen nicht herauskommt, wenn's wieder einmal schief gegangen ist. So fallen bei uns die Revolutionen aus, die klärenden Gewitter. Und der Fortschritt lehnt am Rathaus und dreht Daumen.

Bei der allgemeinen Indifferenz ist es da sehr zu begrüßen, daß die Deutsche Post durch Jahrzehnte hindurch unsere politische Entwicklung farbig kommentiert. Jedesmal, wenn etwas passiert ist, ohne daß im Grunde etwas geschehen wäre, nach jeder »kalten« Veränderung im Staate, macht die fröhliche Post sich die Mühe, die Neuerung auf den Straßen sichtbar zu machen. Sie klärt nicht auf. Sie ruft nicht auf die Barrikaden. Sie rührt nicht mit dem großen Löffel der Propaganda im Topf der Meinungen, dem lauwarmen. All das ist nicht ihr Amt. Sie hat den Kartengruß zu expedieren und zu achten, daß das Telephon auf Draht bleibt. Wenn sie darüber hinaus aber von den allgemeinen Geschehnissen Notiz nimmt, so tut sie das nur indirekt und mit malerischem Takt. Jedesmal, wenn wieder eine Revolution ausgefallen ist, streicht sie nach einiger Zeit die Briefkästen um. Sie tut es heute wieder. Urbanus erschrak direkt, als er gestern an die Straßenecke trat, um der amtlich konzessionierten Nachrichtenvermittlung einen Kartengruß an die verreiste Ella anzuvertrauen. Wie mußte der nachdenkliche Absender erstaunen, als er die Klappe zum Schlitz des Postkastens hob und plötzlich eine andere Farbe in der Hand hielt. Das war nicht mehr rot. Das war gelb. Da muß doch etwas passiert sein!

Und gerade das soll der Postkunde denken im weisen Ratschluß der Direktion. So viele meinen, das Leben ginge so weiter wie neben dem roten Postbriefkasten. Der Beispiele dieser Gedankenträgkeit sind viel zu viele. Da versetzt uns die Post einen täglichen Stoß am politischen Nerv. Die Farbe ist neu und riecht appetitlich und frisch. Wir waren postalisch schon einmal gelb. Wir waren blau. Wir wurden rot. Und jetzt sind wir gelb.

Eine schöne, eine klare, eine leuchtende Farbe. Pflicht eines jeden Staatsbürgers aber dürfte es sein, daß sie sauber und frisch bleibt. Daß dies eine postalisch beharrliche Farbe werde. Daß zu unseren Lebzeiten zumindest die politisch empfindsame Post keinen Anlaß habe, die Briefkästen noch einmal umzustreichen.

GERA NON CANTAT

Da Urbanus ein Knabe war, bekleideten ihn seine verehrungswürdigen Eltern mit einem Kieler Matrosenanzug und gaben ihn zweimal die Woche bei Fräulein Orlopp in die Lehre, daß er die Kunst der Musen lerne. Fräulein Orlopp ihrerseits verfügte über einen gewaltigen, schwarz-geschweiften Kasten, in dem die Musik wohnte. Man schlug auf weiße oder schwarze Hölzer, die wie ein großes Gebiß an dem einen Ende der musikalischen Kiste angebracht waren. Und das machte Töne. Höchst erstaunlich natürlich. Der junge Urbanus spielte nach kurzer Unterweisung das Liedchen »Summ, summ, summ, Bienchen, summ herum!« schon recht artig. Tonleitern perlten unter seinen kleinen Händen. Und am Ende seiner pianistischen Karriere war er imstande, den »Fröhlichen Landmann« mit geschlossenen Augen zu produzieren. Es ging hurtig durch Fleiß.

Später verließ der musikalisch ausschweifende Urbanus leider den strengen Pfad der Klassik und fand mit Liedern wie »Ach Ernst, ach Ernst, was du mich alles lernst ...« das billige Wohlgefallen der Halbwüchsigen beiderlei Geschlechts. Aber zu einem Klavier, wo immer es stehen mag, hat er noch heute, wie jeder Mensch mit dem Hang zu Höherem, ein freundschaftlich-ehrfurchtsvolles Verhältnis.

Das wird nun anders. Der aufmerksame Leser hat vielleicht bemerkt, wie hier in Prosa nur kurz präludiert wird, um später mit vollem Akkord gegen Gera anzutönen. Dort wurde, so stand gestern zu lesen, das Fortepiano besteuert. Die Behörde setzt den Tönen den fiskalischen Dämpfer auf. In Gera wird nur noch in Moll gespielt, und es sollte einen nicht wundern, wenn ein Musikstreik unter den Freunden der dortigen Musen ausbricht und es bald heißt: Gera non cantat.

Lärm und Geräusch erfüllen die Welt. Und akustisch kann einem der Ekel kommen, wenn man in das große Getriebe lauscht. Der Auspuff des Autos, das Rattern der Hämmer, das Quietschen der Bahnen, das Zischen der Maschinen, die Wellen müßigen Geredes. Die Erde ist laut geworden, und Harmonie der Sphären ist nur nachts und nur selten hörbar. So sehr deckt der Krach freilaufender Geschäftigkeit die produktive Stille zu. Wie dankenswert, wenn einer da höher geordneten Lärm, wenn einer Musik in die Welt bringt. Der Mann am Klavier ist ein Vorreiter gegen den akustischen Himmel. Er bringt Ordnung, Gefühl und Wohlklang in den Mißton des Alltags. Dafür gelte ihm städtischer Dank, nicht städtische Steuer.

Schon immer hat der Gerichtsvollzieher, beispielsweise, eine lästige Vorliebe für die Hausinstrumente gezeigt. Am Klavier klebt der häßliche Vogel zuerst. Laßt, Freunde der Musen, den in Gera Besteuerten unsere harmonische Solidarität erklingen! Laßt uns auf das Pedal der Entrüstung treten und den Protestgesang ertönen! Musik gehört in die Welt, und wohl dem, in dessen Stube sie noch hergestellt werden kann mit Hilfe eines schwarzlackierten Kastens. Dem Fiskus soll es entgegenklingen, vieltönig und im vollen Akkord: Hände weg vom Klavier!

BEIM RASIEREN

Während der Mann des Nachts in Morpheus' Armen ruht, rastet sein Organismus nicht. Das alte Herz klopft wacker die nächtlichen Stunden ab. Der Atem geht gelassen durch die Nase. Die Vorstellung träumt zuweilen. Sonst aber ist Ruhe und Ausruhen wohl der Sinn des Schlafes.

Der erste Griff des Morgens gilt dem männlichen Kinn. Der Haarwuchs kennt keinen Achtstundentag. Der Tag des zivilisierten Mannes beginnt nicht mit dem Morgenruf an die Gottheit. Er rasiert sich statt dessen. Der schönen Seele über einem stärkenden Buche fünf Minuten nur zu weihen, kommt dem landläufigen Mitbürger nicht in den Sinn. Eine kleine Erbauung kurz nach Hahnenruf, eine Meditation im Morgenrot und ein neuer Vorsatz, heute gut und tätig zu sein und an den lieben Nachbarn hilfreich zu denken, dazu ist keine Zeit. Bei der Zumutung würde der emsige Mitbürger höchstens die schnelle Geste des an die Stirn geführten Fingers machen.

Aber zehn Minuten vor dem Spiegel und mit Schaum vor dem Munde opfern sie dem Zeitgeist alle. Man tritt gähnend vor das gerahmte Fensterchen mit dem Ausblick auf das eigene Ich. Es schäumt der Schaum, und das Kinn wird erweicht. Unsere Großväter trugen den Bart wallend über dem Stehkragen. Unsere Väter retteten sich auf der Oberlippe das Attribut der Männlichkeit. Wir tragen das Gesicht unbekleidet und lassen uns das täglich eine Viertelstunde kosten.

Was denkt ein Mann beim Rasieren? Urbanus ist in der Lage, einer ebenso neugierigen wie weiblichen Leserschaft mitzuteilen, daß er gar nichts denkt. Der Geist läuft leer, während das Messer über das Kinn läuft. Reine Mechanik, wie das Gesicht freigelegt wird. Jeder Mann hat da seinen Ritus, ob er auf der rechten oder an der linken Wange beginnt. und den hält er automatisch ein. Sein Gemüt ist nicht beteiligt, und die schöne Seele liegt derweil noch im Bett und schläft geruhsam weiter.

Männer sollten das schöpferische Intervall zwischen Schlaf und Tag besser nutzen. Während sie sich das Messer an die Kehle setzen und das Gesicht von den Auswüchsen des Vortages befreien, sollten sie auch dem Innenleben eine Säuberung zukommen lassen. Wäre es nicht besser um die Welt bestellt, wenn sich die männlichen Menschen beim Fallen des Barthaars vornehmen wollten, das Gute zu tun, der jeweiligen Ella an diesem Tage ein fröhlicher Gefährte zu sein und den Zeiger des Fortschritts um ein gutes, bekömmliches Stück weiter zu rücken? Die Borsten von dem Geiste zu entfernen, die bösen Widerhaken von der Seele – wie wäre das? Vielleicht käme diese seelische Hygiene dem ganzen Weltlauf doch zugute.

Urbanus ist vorsichtig und bereit, die Stimmen der Selbstrasierer zu hören. Er selbst will den Anfang machen. Und hoffentlich schneidet er sich nicht schon morgen ins eigene Fleisch dabei.

BLICK ÜBER DEN ZAUN

Mit dem Wetter geht es wie mit den Dingen allen: gut und schlecht ist es nur nach dem jeweiligen Blickpunkt. Wenn der stadtmüde Urbanus zu dieser schönen Sommerszeit einen sonnig-trockenen Tag mit dünnblauem Himmel für gut genug hält, um der lieben Ella den Arm zu bieten und mit ihr eine Partie an die Ränder der Wiesen und unter die rauschenden Bäume des Waldes zu unternehmen, so hat er natürlich recht. Und keiner wird's ihm verdenken, wenn er, fröhliche Lieder singend, auf trockener Straße fürbaß wandert und das Wetter für ausnehmend gut hält.

Aber schon der Nachbar kann mit gerunzelter Stirn am gleichen Tage zum Himmel sehen, den besorgten Blick auf die Trockenheit im Bereiche der Bohnen wenden und das gärtnerische Haupt schütteln. Für ihn und die Bohnen wäre ein warmer Regen besser, während der sorglose Urbanus des Müllers Lust kostet und selig in der Sonne wandert.

Was dem einen also meteorologisch eine Eule, ist dem anderen seine Nachtigall. Gut und Böse sind subjektiv. Jeden Morgen, an dem der ehrwürdige Petrus das Wetter plant und seit Schöpfung der Erde die heikle Entscheidung trifft, ob naß oder trocken, gibt er der Menschheit Anlaß zu dieser Erkenntnis. Aber die Menschheit – und da liegt gleich der Grund zu allerlei Mißverständnis, Aufruhr und Streit – ist geneigt, nur die eigene Seite der Medaille zu sehen. Der Blick in Nachbars Garten und auf dessen Bedürfnisse ist lästig und selten. Ihn kümmert nur das eigene Wohlbehagen. Und ob die gleiche Sonne, die seinen Teint so wohltuend bräunt, gleichzeitig auch das Gemüse jenseits des Zauns vorzeitig dörrt, ist ihm weitgehend schnuppe. Der Regenfreund wird den anderen für einen Leichtfuß und argen Bruder Lustig nehmen. Und der Sonnenmensch auf der Straße im Anblick der hellen Natur wird jenen einen Sauertopf und einen Spaßverderber am Sommer nennen. Schon ist das schönste Mißverständnis da, und nur zurückhaltend und skeptisch werden sie einander grüßen. Wenn überhaupt.

Was für das Wetter gilt, gilt allenthalben. Urbanus hält es aus Anlaß der Jahreszeit für angebracht, einer freundlichen Leserschaft, die womöglich, zu Teilen im Urlaub, besorgt zum Himmel blickt, diese alte Erkenntnis, neu durchdacht, auf den kargen Frühstückstisch der Gedanken zu legen. Die Welt wäre erträglicher, wenn wir des Nachbarn und seiner Wünsche öfter gedächten. Und viel arger Lärm würde für immer verstummen, nähme man sich Zeit, auch den Nächsten in die Welt und in das Wetter der Tage mit einzukalkulieren. Was brüderlich und voll Verständnis not tut, ist der Gedanke, der hilfreiche, zum Nebenmann. Ist der Blick über den Zaun.

ACHTUNG – WIR LEBEN

Die Hauptsache im Leben ist, daß man lebendig bleibt. Urbanus ist sich klar darüber, daß er hier den Finger wieder auf eine sogenannte Selbstverständlichkeit legt. Aber das ist sein Metier. Der achtenswerte Zeitgenosse trabt seinen Lebensweg ab, die Aktentasche der täglichen Pflichten unter dem Arm. Mit gefalteter Stirn stürzt er der Fortuna im Alltag nach. Der Blick zur Seite wäre Zeitverschwendung und hielte auf. Man darf den Zug nicht versäumen, und in diesem Jahrhundert ist laut allgemeiner Übereinkunft nichts schlimmer, als wenn man den Anschluß verpaßt.

Man ist am Leben und merkt es nicht. Das aber ist so gut wie tot. Viele Menschen umgeben sich daher mit einer rauschenden Lärmkulisse. Wo sie auftauche, ist Wirbel, Trubel, Emsigkeit. Haben sie uns aber verlassen, so bleibt nichts zurück als ein leerer

Um 1945

Fleck. Lärm bedeutet noch nicht, daß etwas passiert ist. Man atmet einmal kurz auf, und der leere Sturm ist vorbei. Was kommt nun?

Ein neuer Sturm bestenfalls, aber wieder einer, der nicht bis unter die Weste unseres Charakters dringt. Das Herz vernimmt ihn nicht. Das klopft, aber es achtet niemand darauf, der emsige Zeitgenosse am wenigsten. Ihn wirft nichts aus der Bahn. Ihm bleibt nicht der seelische Atem weg, wenn er beiläufig des Nachts zum Himmel blickt, und da ist es wieder wie seit Jahrtausenden schon – die Fülle der Sterne, das Unerklärliche im All, das Ewige, das alte Rätsel. Ihn schreckt sie nicht, die Unendlichkeit direkt über dem eigenen Dach.

Ihn erstaunt es nicht, daß die Liebe stattfindet zwischen Menschen. Daß der Gott uns schlägt und wir seufzen und singen. Er denkt nicht nach über die Kinder der Welt, die Augen der Kinder und darüber, daß so gar niemand weiß, was in den kleinen Köpfen tatsächlich geschieht. Er sieht das Glas nicht zwischen den Menschen, erkennt auch bei nächster Nähe noch nicht den Fluch des Alleinseins. Daß es Gedanken gibt bei Tage und Träume bei Nacht, über die wir nicht Herr sind. Die Welt ist voll Unerklärlichkeit, und zu leben ist sehr absonderlich.

Natürlich – es ist selbstverständlich. Aber wirklich am Leben ist doch wohl nur der, der über den »Selbstverständlichkeiten« nicht aus dem Kopfschütteln herauskommt. Nur wer sich wundert, lebt.

FLUCH DEN DIEBEN

Einige Quadratmeter planen Erdreichs direkt unterm Fenster. Während Urbanus an seiner Schreibmaschine die ungeordneteten Ereignisse des Tages übersichtlich und sinnvoll durch die Walze der Logik gehen läßt, während die rastlose Ella den Staub von der kleinen angebombten Welt der engsten Heimat wischt oder die kargen Zuteilungen im Kochtopf versenkt, noch während man des Nachts mit geschlossenen Augen in die wohltätige Ohnmacht des Schlafes versinkt – die treuen Kartoffeln unter dem Fenster sind unablässig dabei, sich zu einer Ernährungsbasis für den dräuenden Winter auszuwachsen. Sie wurden unter dankbarem Schweiß in die Erde versenkt und mit Segenswünschen versehen. Sie drückten ihr Grün vor einigen Monaten aus der gleichen Erde. Sie brachen in Blüten aus, dem hungrigen Gärtner wohlgefälliger zu betrachten als ein Strauß nutzlos-morbider Orchideen. Man trat in den letzten Tagen hinzu und bohrte mit dem Finger heimlich im Erdreich, um zu spionieren, wie groß die Erdfrucht indessen gediehen sei.

Das Verhältnis zu den wackeren Erdäpfeln im Beet war nicht auf Gewinn nur und Nützlichkeit gerichtet. Wir hatten unser Gemüt mit in die paar Schollen im Vorgarten versenkt. Und Pläne waren gefaßt, wie man die Ernte feiern sollte. Kartoffelfeuer sollten im Garten brennen. Matthias Claudius' schönes Kartoffellied würde ertönen, wenn die göttliche Frucht, diesmal gebraten, auf unseren Tellern zum ersten Male läge. Pläne. Träume. Gaukeleien von Sattheit und vollem Genuß.

WADE REGULIERT ZUNGE

Der interessanteste Körperteil des Menschen ist ohne Zweifel die Zunge. Man läßt etwas Luft über sie hingehen, schlenkert mit ihr zwischen dem Gebiß herum, und das hat zur Folge, daß wir Freunde haben oder Feinde, daß wir unseren Nächsten zu Tode verletzen oder ihm ein gutes Gefühl der Freundschaft in die Brust senken. Die kleine Zunge ist allmächtig. Ein empfindlicher Körperteil und ein überaus wichtiger. Vor einem Beamten im dunklen Anzug braucht man die Zunge nur einmal kurz an den Gaumen zu führen, den Atem auszustoßen und beiläufig das kleine Wort »Ja« zu formen – schon hat man sein ganzes fürderes Leben ein weibliches Wesen am Bein. Zu Glück oder zum Unsegen, das weist sich erst später. Einmal den kurzen Zungenschlag auf dem Standesamt getan, ist man gefangen. Wenn es aber ein falscher war, so ist der nur nach langwieriger Zungengymnastik und durch die zusätzliche Bewegung der Sprechmuskel zweier im Reden trainierter Rechtsanwälte notdürftig reparabel.

Urbanus ist der Letzte, junge, gefahrliebende Leute davon abzuhalten, ihre Zunge in diesem Sinne zu rechter Zeit und in der weise gewählten Begleitung zu bewegen. Kein schöneres Wort als ein solches »Ja«, das der Verbindung mit einem trefflichen Mädchen gilt. Er gibt nur zu bedenken, wie leicht der kleine, rührige Muskel im Munde uns sozusagen zur Achillesferse werden kann. Und er bittet anmerken zu dürfen, wieviel Wind mit der Zunge gemacht wird, der nicht nötig ist. Es gibt da tödliche Beispiele von Beweglichkeit.

Es gibt Sprechwerke, die automatisch zu funktionieren scheinen. Hier sei man skeptisch. Das rührt sich ohn' Ende. Das tropft wie die Wasserleitung, die man abzusperren vergaß. Wenn dergleichen Vielsprecher aber dann wirklich Bedeutendes äußern, so laufen die Ohren in der Runde schon über, und Vernunft und Unsinn plätschern unsortiert in den Abguß.

Das Schweigen ist der beste Teil der Rede. Die kommunalen Wahlen stehen vor der Tür. Wieder handelt es sich nur um eine winzige Äußerung unserer Zustimmung oder Abneigung, um unsere »Stimme« – und die Waagschale des öffentlichen Wohls neigt sich nach hier oder dort. Urbanus ist nicht geneigt, sein wertvolles »Ja« in diesem politischen Zusammenhange gedankenlos und unter Preis abzugeben. Erst wägen, dann wählen. So lauscht er auf die Reden aller Schattierungen mit Beifall, mit Stirnrunzeln, je nachdem. Befremdet aber ist er immer wieder von der Länge der rednerischen Verlautbarungen. Rhetorische Goldstücke gehen unter in einem Auswurf rednerischer Tagesmünze.

Da kommt eine Nachricht aus dem dunklen Afrika, die beweist, daß die Wilden, wenn nicht doch bessere Menschen, so immerhin mit politischem Mutterwitz begabt sind. Ein Negerstamm hat es zur guten Sitte, daß Redner nur auf einem Bein stehen dürfen, wie Störche im Salat. Wanken sie, findet der zweite Fuß zur Erde, ist die Uhr der Beredsamkeit erbarmungslos abgelaufen. Der Muskel der Wade reguliert die Zunge. Man gedenke der Neger. Man fasse sich kurz.

POSITIVE MELANCHOLIE

»Spät entschlafen unter Schmerzen, früh erwacht nach kurzer Rast« – wenn Urbanus jetzt morgens im Nachtgewande ans Fenster tritt, um hausväterlich nach dem Wetter am Himmel und nach den restlichen Kohlköpfen im kärglichen Vorgarten zu sehen, so liegt eine kühle Würze in der Luft, die ihm zu denken gibt. Eine melancholische Feuchtigkeit lagert auf den Dingen der Frühe. Die Blätter der Bäume färben sich. Manch Zeitgenosse wandelt schon im wärmenden Paletot zur Arbeit. Die Sonne scheint, aber die rechte Kraft hat sie nicht mehr. Sie scheint nur so. Also, und mit Worten so dürr wie das erste fallende Laub: es wird Herbst. Da wären wir wieder. Der berufliche Feuilletonist weiß, was sich gehört. Er wartet nicht erst den Startschuß des legalen Wechsels der Jahreszeit im Kalender ab. Über den Herbst ist so schön sich eins zu dichten. Also denn ...

Daß der Frühling die einzige Jahreszeit sei, die die Poeten befruchtet, ist eine ebenso landläufige wie irrige Ansicht. Wenn die Energie voll aus der Erde dringt, wenn's vor unterirdischer Kraft in der Lenzluft zittert, wenn den Menschen die Liebe befällt und ringsum das Sprießen, Blühen und Jubeln kein Ende hat, so verwirrt das in seiner plumpen Fülle das empfindsame Herz. Im »Tonio Kröger« ist nachzulesen, daß im Grunde das Frühjahr eine enervierende Jahreszeit ist. Poeten strotzen nicht gern vor Kraft und vor Wachstum. Sie sind gern traurig und voll tiefer Gedanken. Der quicklebendige Lenz gibt dazu die nötige Ruhe nicht, aber der Herbst. Das Jahr schwingt aus. Kartoffelkrautfeuer qualmen in den Gärten. Das Wachstum der Natur rafft sich zum letzten Wandel auf. Die schöne Farbigkeit vorm Winterschlaf. Man schneidet die Astern im Beet und holt den Sweater aus der Kommode. Nichts kommt dem Herbst gleich an positiver Melancholie. Man atmet tief aus und seufzt heimlich dabei. Und wer wieder einatmet, kostet beglückt, wie körnig die späte Luft des Jahres schmeckt, gehaltvoll und fast zu kauen. Es sind würzige Tage.

Der Abend sinkt früh, und die Dichter, die sich einen melancholischen Rausch an dem Farbengewirr, dem späten, des Tages holten, rücken nah an die Fünfzehn-Watt-Lampe und entledigen sich morbider Verse über den Tod vor dem Fenster, über das Ende des Wachstums und das feuchte Geflirr der sich rötenden Blätter. Sie stützen das Haupt in die Hände und bedenken den jährlichen Tod der Natur.

Die Knaben hingegen schert das nicht. Sie spielen Fußball oder lassen den Drachen gegen die Wolken steigen, sie kriegen rote Backen dabei und ziehen ihren Nutzen aus den herbstlichen Winden.

Freunde, es neigt sich das Jahr. Man halte die staunenden Augen offen und die Ohren steif, nach wie vor. Der Himmel schenke uns einen gnädigen Winter. Aber zuvor noch einen recht schönen Herbst.

DIE ABGEBAUTEN KÜHE

Urbanus will sich natürlich nicht vorwerfen lassen, daß er mit dem Fortschritt nicht Schritt hielte. Er nimmt begeistert, erstaunt oder benommen Kenntnis von allen progressiven Errungenschaften dieses verwirrenden Jahrhunderts und versucht, alle Neuerungen ordentlich und sauber auf die Konsole des Wissens zu stellen, damit das Weltbild in der kleinen, angebombten Stube der Erkenntnis übersichtlich und erfreulich bleibe. Nichts schlimmer als Schlamperei auch in dieser Hinsicht. Wo die Denksysteme durcheinanderstehen wie Kraut und Rüben, da freilich kann sich kein philosophisches Gebild gestalten. So weit der Vorsatz zu gedanklicher Ordnung.

Daß dem gedanklichen Normalverbraucher die Haare unablässig zu Berge stehen in diesen Zeiten der Begriffsverwirrer, der Jongleure mit Weltanschauungen, der Falschmünzer der Ideologien, ist beklagenswert genug. Sagt heute einer »Demokratie«, ist man gehalten, ihm zweimal vorsichtig auf den Mund zu sehen und zu ergründen, ob er das auch meint. Ruft einer »Freiheit«, ist man gut beraten, argwöhnisch zu sein und sich zu erkundigen, zu welchem Zwecke er sie verwerten will. Die Verwirrung ist groß, Ordnung nötiger als je. Die großen Begriffe geraten immer mehr ins Schleudern.

Was soll man aber sagen, wenn nunmehr gemeldet wird, daß die Kuh nicht mehr gemolken, sondern abgeschafft und sozusagen zum alten Eisen geworfen werden soll. Der Fortschritt geht lächelnd über sie hinweg. Ihr volles Euter ist der modernen Wissenschaft nur ein Gegenstand nachsichtigen Lächelns. Sie hustet auf die Butter aus der Milch und greift zur Kohle. Mit der Kohle haben kundige Männer der Chemie so lange manipuliert, bis sie zu Brotaufstrich wurde. Das schlägt nun nicht nur dem Butterfaß den Boden aus, sondern ist geeignet, liebe alte Vorstellungen zu zertrümmern und eine gesegnete Epoche der Fettversorgung zu völliger Vergangenheit zu stempeln.

Wenn sich der Leser zu erinnern versucht, so war Kuhbutter eine angenehme, goldgelbe, fettgesättigte Masse, die mit dem Buttermesser auf das gute Brot verteilt wurde, dem Gaumen angenehm und dem Organismus ungemein zuträglich. Wilhelm Busch hat die Butterbereitung alter Schule in seinem Werk an einer verborgenen Stelle so hervorragend realistisch dargestellt, daß Urbanus aus Sicherheitsgründen besser tut, das Zitat zu unterschlagen: der butterentwöhnte Leser könnte an dem Wasser, das ihm daraufhin im Munde zusammenliefe, ersticken. Wenigstens, im Hintergrunde jeder Butterbemme stand die Kuh, ein vortreffliches Tier. Eine Philosophin unter den Säugetieren, denn die Kuh ist gründlich phlegmatisch. Ihre Äußerungen gehen über ein gemüthaftes »Muh« selten hinaus. Und vor allen Dingen: sie ist, wie alle gewerbsmäßigen Denker, Wiederkäuer. Das Tier war grundsympathisch. Es knabberte genügsam an der kargen Grasnarbe dieser Erde, ließ sich für das Gemeinwohl melken und hatte in seinem Organismus den schlichten Klee unversehens zu Brotaufstrich verwandelt. Hut ab vor der Kuh alter Schule!

Wenn nun die Männer des Fortschritts in der Kohle aus der Erde Schacht herumbuttern, bis tatsächlich welche draus wird, so sei nicht unterlassen, ihrem Forschergeist gebührend Reverenz zu erweisen vom fettlosen Frühstückstisch aus. Sie packen das Problem und die Kuh bei den Hörnern und sind dabei, das, was der Wirtschaftsteil aller Zeitungen so plastisch die »Fettlücke« nennt, mit Koks zu vermauern. Urbanus ist gehalten, ihnen zu glauben; denn um eigene Versuche in dieser Richtung zu machen, fehlt ihm nicht nur die chemische Vorbildung, sondern die Kohle selbst. Und bevor er nicht selber gekostet hat und sich überzeugt, ob die Kohlenbutter nicht doch einen Haken und Nachgeschmack hat, will er tun wie die Menschen im fernen Indien, will er die Kuh heimlich verehren: als ein heiliges Tier.

GESCHEHEN – PASSIERT

Eine der Ursachen für den beklagenswerten Zustand, in dem sich die Zeitläufte befinden, besteht ohne Zweifel darin, daß zuviel passiert, aber zuwenig geschieht. Punkt.

Ehe Urbanus vom Chronistensitz aus fortfährt, muß er sich erst einmal von dem obigen Satz erholen. Denn er ist selbst erschrocken von der schlagenden Wahrheit, die ihm da unvermutet mit der ersten Tinte aus der Füllfeder geflossen ist. Wer der Zeit auf die nicht ganz sauberen und noch angeräucherten Finger sieht, stellt tatsächlich fest, daß alle Augenblicke etwas passiert. Ein Auto verunglückt. Eine ökonomische Krise bricht aus. Eine Katastrophe wird gemeldet. Preise steigen. Kurse fallen. Menschen sterben. Männer heiraten. Alles Dinge, die einfach passieren, und sind sie passiert, ist das Geschrei groß. Damit aber etwas geschieht, bedarf es der Erkenntnis, eines Plans und guten Willens. Drei Dinge, die selten zusammenkommen. Weshalb denn auch so wenig Positives sich zuträgt.

Urbanus ist besoldet, nach der zweiten und grundsätzlich fruchtbaren Art von Ereignis Ausschau zu halten. Wenn etwas passiert ist, es zu melden und den Deckel der späten Vorsicht über die Tonne zu decken, reizt ihn nicht. Wenn aber wirklich etwas geschehen ist, den Honig der Erkenntnis daraus zu saugen – das ist sein Amt.

Diesmal saugt er an Boston. Eine prächtige Stadt im Amerikanischen. Dort ist vorerst etwas passiert. Fräulein Marie Ottoviani fuhr Taxe und gegen einen Baum. Sie wurde beschädigt. Ihre Gesichtszüge waren nach dem Schock gründlich verfahren. Sie hatte vierzehn Tage lang nichts zu lachen, und wenn sie es auch gewollt hätte – sie konnte es nicht. Das, kurz, was passiert ist. Jetzt aber sorgte das beschädigte Fräulein Ottoviani dafür, daß etwas geschah. Sie verklagte die Taxifirma. Nicht weil der fahrlässige Zusammenstoß sie grundsätzlich ramponiert hätte, sondern weil sie vierzehn Tage ihr Grübchen in der Wange nicht betätigen konnte. Weil die Welt eines Lächelns beraubt war für zwei lange Wochen. Ein juristisches Novum.

Das Tribunal in Boston wurde unversehens zur Szene aus einem Schauspiel der Menschheit. Was ist das Lächeln eines Mädchens wert? Der männliche Leser, soweit er galant ist, wird mit Urbanus erwidern, daß es unbezahlbar sei. Aber mit vagen Komplimenten war den Richtern über das Grübchen, den Taxatoren des Charmes, nicht gedient. Die Ottoviani wollte Kasse sehen. Die Richter, weise und gerecht im höchsten Maße, kehrten zurück und taten folgendes kund: Der vierzehntägige Ausfall an Lächeln sei mit fünfzehnhundert Dollar präzis zu veranschlagen. Die Taxifirma habe den Verlust an Charme der Klägerin zu erstatten.

Die Nutzanwendung liegt auf der Hand. Mit der freundlichen Ella hat man ein unerschöpfliches Reservat an Devisen im Hause, einen Tresor der Herzlichkeit. Wir sind Plutokraten des Lächelns, wenn sonst auch wohl Schlucker und gründlich arm. Die Frauen unter uns aber sollten nicht geizen mit ihrem Reichtum im lieben Gesicht und ihren juristisch bestätigten Schatz um sich streuen mit vollem Lächeln.

VOM EDLEN WEIDWERK

So weit mußte es einmal kommen. Ein Akt ausgleichender Gerechtigkeit ist zu melden. Tierfreunde dürfen sich die Hände reiben. In Australien hat, wie glaubhaft gekabelt wird, ein gejagtes Känguruh auf den eigenen Jäger angelegt und ihm eine Schußwunde am rechten Oberarm beigebracht. Ein Denkzettel für alle, die ohne Not mit Pulver und Blei auf Gottes Kreatur unter freiem Himmel zu schießen pflegen.

Urbanus hat sich, bevor er auf dem Chronistensitz am offenen Fenster der Zeit seßhaft wurde, manchen Wind um die neugierige Nase wehen lassen. Australien aber kennt er nicht. Er kann also auch nicht aussagen, welchen Zweck es wohl haben mag, mit Piff und Paff auf die Känguruhjagd zu gehen und den hurtigen, putzigen Springern, die ihr Junges so rührend im Bauchtäschchen tragen, nach dem unschuldigen Leben zu trachten. Genug – auch bei den Antipoden wird geschossen. Aber diesmal hat es gebumst.

Der rüde australische Nimrod war früh ausgezogen, den Kopf voll Mord, das Rohr voll Blei. Mag sein, daß er sich unter der australischen Morgensonne eins gepfiffen hat. Passieren konnte ihm nichts. Zu den sonderbarsten Selbstverständlichkeiten unter der Menschheit gehört die, daß alles, was da kreucht und fleucht, des

Jägers Beute sei. Warum eigentlich? Wo steht geschrieben, daß ich den Tieren des Waldes nach dem Leben trachten soll, es sei denn, der Hunger zerrisse mich selber oder eine Bestie fiele mich an? Was an dem Weidwerk besonders »edel« sei, ist Tierfreunden immer fraglich gewesen. Und wohl hat sich Urbanus bei dicken Männern nie gefühlt, die die Wände ihres Herrenzimmers mit den Kopfgerippen zierlicher Rehe tapezierten, um selbstzufrieden Zigarren darunter zu rauchen, als seien sie der Jäger aus Kurpfalz persönlich.

Sehr fein ist es im moralischen Sinne nämlich nicht, sich mit der weittragenden Büchse im Gebüsch zu verbergen, bis äsend und herrlich das edle Opfer hervortritt, wehrlos, ohne Schuld und nur im Genuß des Morgentaus. Dann knallen die Jäger mit der Büchse hinter dem Busch und nennen das Anstand. Das zierliche Reh fällt zu Boden, die Männer treten hervor und blasen ins Horn. Die Jagd ist aus, und ein Schluck aus der Pulle ist fällig.

Dem ganzen rohen Treiben hat nun das kluge Känguruh sozusagen gründlich in die Jagdsuppe gespuckt. Der australische Weidmann hatte sich aus nicht gemeldeten Gründen für Minuten seines Gewehrs und damit seiner Überlegenheit begeben. Ehe er sich's versah, war schon das Tier, das er zu jagen so früh aufgestanden war, an das verlassene Feuerrohr gehüpft, trat auf den Abzug. Der Schuß war auf den Jäger zurückgefallen und gründlich in den Arm gegangen. Dann sprang das Tier davon, seines Lebens froh. Wie die Konkänguruhs es empfangen haben, wird nicht gemeldet. Die Menschheit aber, soweit sie tötet, hat einen Denkzettel an der Jagdlust weg.

O Leser, sofern du auf dem Balkon ein mumpfelndes Kaninchen aufziehst, um es später zu speisen, ehe du noch das Messer wetztest – gedenke des Känguruhs!

OHNE FRIEDENSPFEIFE

In der göttlichen Stadt Paris, wo zur Zeit der Friede der Welt vorbereitet wird, kam es kürzlich zu einer Debatte höchst grundsätzlicher Natur. Bevor sie in der allgemeinen Sintflut von Druckerschwärze fortgespült wird, sollte man sie kurz einmal unter die Lupe des Feuilletons nehmen. Es handelt sich nämlich ums Rauchen.

Der Wirtschaftsausschuß für Italien wurde von einem Saal in den anderen verlegt. Kein Grund, seinen Scharfsinn an solcher Verlagerung der Wirtschaftsprobleme von einem Stockwerk des Palais Luxembourg in ein anderes zu wetzen. Aber die Sache ist die, daß die speziellen Friedensmacher bisher frei waren, bei der Arbeit ihre kleinen Mundfeuer zu entfachen. Die brandigen Wohlgerüche Virginiens, Mazedoniens und Havannas füllten den Raum. Problem über Problem entstieg dem Rauch, wurde erfaßt und geklärt. Die Kippen häuften und die Akten füllten sich. Die Herren kamen munter voran, bis sie verlagert wurden.

Der neue Saal, den man ihren Bemühungen zuwies, wies auch das Schild auf, hier sei Rauchen verboten. Da nun erhob Mr. Williard Thorp die Stimme Amerikas und ging in Protest. Mr. Gregory, Großbritannien vertretend, unterstrich den Vorzug der klaren Atmosphäre des neuen Sitzungsortes und brach eine kalte Lanze gegen das Nikotin bei Friedensverhandlungen. Der Kurator des ehrwürdigen Palais wurde gerufen, und er, bei dem man sozusagen zu Gast war, bestand mit aller französischen Eleganz auf dem Standpunkt des Wandspruchs. Die räucherige Stimme Amerikas ward überstimmt. Einsichtig, aber innerlich grollend, drückte Mr. Thorp seine Chesterfield aus.

Ein Vorgang am Rande. Aber wie anregend zu lesen. Für den Kommentator des Menschlichen, der die Probleme des Tages durch die kalte Pfeife zu saugen seit langem gewohnt ist, ist die Diskussion natürlich müßig. Wir sind hierzulande, den kargen Tag der Zuteilung ausgenommen, platonische Raucher, und Urbanus muß gestehen, daß er oft bei seinen Gängen durch das Humane vom Wege weit abkommt, nur weil vor ihm ein Glücklicher wandelt, die Pfeife im Munde und eine Wolke des seltenen Duftes hinter sich lassend. Daran schnüffelt man gern.

Rauchen ist so ein herzliches Laster. Raucher haben eine seltene und internationale Solidarität. Fremde Männer treten auf offener Straße zueinander. »Haam Se Feua?« heißt ihr Gruß, und man teilt im Windzug des Schicksals das letzte Streichholz. Nichtraucher

Um 1950

kennen das nicht und grüßen sich kaum. Was aber verbindet uns eine rauchende Dame so sehr als der Umstand, daß man ihr einen Zug von der ohnehin durch die Steuer stark reduzierten Zigarette anbietet. Frauen haben das gern. Nichtraucher dagegen sind ihnen suspekt. Wer schon in dieser Beziehung so sonderbar tugendhaft ist, mit dem ist bestimmt auch in anderer Hinsicht schlecht Kirschen essen. Und daß die Raucherabteile der öffentlichen Verkehrsmittel mit Frauen gefüllt sind, gibt genügsam zu denken. Rauch verbindet. Rauch macht gut. Man sorge dafür, daß die kleinen, gemüthaften Feuer bald wieder heftiger brennen.

ANTIFLUCHVORSATZ

Natürlich ist es höchst lobenswert, daß sich eine tugendhafte Gruppe alliierter Veteranen zusammengetan hat, um dem Fluch Paroli zu bieten. Eine Antifluchliga ist gegründet, jedem offen, dem das ewige Donnerwetter und Himmikreuznocheinmal ein philologisches Greuel ist. Männer, solange sie unter sich sind, neigen zu sprachlicher Deutlichkeit und ihre Syntax ist von einer oft beißenden Würze. Auch hier bringt der Krieg nichts Gutes mit sich, und die Folgen solcher Verwilderung der Ausdrucksweise sind natürlich erst langsam zu reparieren; eine Reparation, die zu Lasten des einzelnen geht.

Urbanus, ebenfalls durch die brüllende Mühle des Krieges gegangen, hat selber Mühe gehabt, die empfindsame Ella nicht durch knorrige Worte zu schrecken, die ihm noch entfahren wollten, als die unwillige Flinte schon lange im Korn lag. Was man aus den Tagen der verfluchten Kleinen Apokalypse nach Hause gebracht hat, sind ein halb Dutzend bitterer Erkenntnisse, ein paar verlorene Jahre und eben eine Reihe stereotyp greulicher Redensarten, die in keinem Nachschlagewerk zu Hause sind.

Der aufmerksame Leser hat in dem vorangegangenen melancholischen Satz beobachtet, wie dem Chronisten unversehens doch wieder ein fluchendes Beiwort aus der Schreibmaschine gerutscht ist. Ehe man aber die Feder hebt und Urbanus der Inkonsequenz zeiht – wie so hämisch und gern –, möchte der Angegriffene selber dem Leser den Wind aus dem geblähten Segel des Protestes nehmen: ein guter Fluch an rechter Stelle ist nicht zu entbehren. Und reinigend wie ein Gewitter wirkt, wo die sanfte Rede verschlägt, ein Wort, das etwas Pfeffer im Vokal hat.

Goethe selber, der uns lehrte, bei edlen Frauen anzufragen, wenn wir wissen wollen, was sich ziemt, verdankt einen Teil seiner ungeheuren Popularität doch unbestritten einiger Drastik in seinem Frühwerk.

An welches Wort Urbanus vor allem denkt in diesem Zusammenhange, darüber braucht er sich mit dem klassisch gebildeten Leser nicht zu verständigen. Aber: wird die Antifluchliga uns nunmehr verwehren, die dramatische Historie von dem Mann mit der eisernen Hand im Urtext zu lesen? Oder ist die Gesellschaft zur Sprachmilderung willens, eine neue Schwarze Liste von Autoren aufzustellen, und wenn – wie weit will man gehen? Oder besser: was geht schon zu weit? Die Grenzen sprachlichen Anstands sind fließend.

Man sieht: so lobenswert der Antifluchvorsatz ist, es gibt Situationen, für die man einen klaren, wenn auch harten Spruch parat haben muß. Solange Rückstände des Bösen sich noch in den Ritzen dieser Welt verkriechen, darf man den harten Besen des drastisch-fegenden Wortes nicht aus der Hand stellen. Solange noch die Mentalität des Argen unter uns wohnt auf diesem Planeten, muß es gestattet sein, auch sprachlich hin und wieder zu einem Uppercut ausholen zu dürfen. Milde Worte sind guter Same und gehen langsam auf. Man sollte sie pflegen. Aber wo ein grober Klotz danach sichtbar verlangt, soll er den groben Keil fühlen. Auch sprachlich. Verdammt noch einmal!

MEDITATION IM DUNKELN

Ein gut Teil bester menschlicher Bemühung besteht darin, die Dunkelheit in jeder Beziehung aus der Welt zu vertreiben. Mit dem Tiefstrahler des Intellekts geht der emsige Wissenschaftler in das Gestrüpp der Phänomene. Der Dichter leuchtet mit den wärmenden Strahlen des Herzens in die dumpfen Niederungen des Gefühls und klärt sie durch das Licht, das er verbreitet. Die Politiker bringen Ordnung und Erleuchtung in unsere öffentlichen Verhältnisse. Selbst der kleine Urbanus geht aus, die Lampe, die flackernde, des Feuilletons in der Hand, trabt redlich die Straße des Lebens entlang und leuchtet den Passanten zutraulich und hilfreich ins Gesicht. Die Menschheit kann es nicht lassen, die Nacht in jeder Gestalt zu bekämpfen.

Nur kommt neuerdings das Elektrizitätswerk nicht mehr mit. Man sitzt unter der kleinen Lampe und liest beispielsweise in den Büchern der Menschheit. Die Offenbarung im Geist steht nahe bevor. Man beleckt schon gierig den Zeigefinger, um umzublättern und auf der nächsten Seite in die absolute Nähe der Wahrheit zu kommen – da macht es klick, und es ist zappenduster.

Die erste Reaktion ist natürlich, ein Kernwort zu sprechen, sich zum Schrank zu tasten, sich den Kopf zu stoßen und nach dem letzten Kerzenstummel zu wühlen, denn im Dunkel sieht alles anders aus. Auf dem Wege dorthin kollidiert man mit der hausfraulichen Ella, der aus Schreck vor der abrupten Verdunklung der Welt die Stopfnadel aus der Hand gefallen ist und die nun den Teppich abtastet, eine reizende Blinde. Die Kerze findet sich nicht. Die Nadel auch nicht. Aber dunkel bleibt es, und man richtet sich ein.

Abgesehen davon, daß im Dunkeln zu munkeln gut ist, stellt die Unterbrechung des Stroms eine Chance dar, endlich die Hände und Augen ruhen zu lassen und mit der eigenen Brust in der Nacht allein zu sein. Der Erdball ist überfüllt, überall. Man reibt sich an mancher mißlichen Schulter. Mitmenschen fragwürdigsten Charakters drängen um die wenigen Lichtquellen der Erkenntnis. Alleinsein ist nirgends. Wenn aber des Abends der Strom ausbleibt, so wächst um das Individuum die Mauer der Nacht. Eine Einsamkeit aus Lichtlosigkeit springt plötzlich auf, und nun zeigt sich, ob das Licht in der Finsternis unserer eigenen Brust wohnt.

Unkomplizierte Naturen natürlich haben es leicht. Sie hauen sich hin und röcheln sich eins, bis die Lichtwerke nach Stunden zu Kräften kommen und das Lämpchen wieder glüht. Wir anderen aber sitzen im Dunkel und besprechen uns mit der eigenen Seele. Denn siehe, nun zeigt sich, wo die Betriebsamkeit des Jahrhunderts Leere geschaffen hat oder Fülle. Den Daumen zu drehen, in Erinnerung zu wühlen, Geduld in der Nacht zu üben und die Erfahrungen des Tages abzutasten – wann sonst ist man dazu gekommen, als der Strom noch auf Draht war? Nun aber werden wir mit Notwendigkeit zu Hausphilosophen, und »was bei Tage nicht bewußt, oder nicht bedacht, durch das Labyrinth der Brust wandelt's bei der Nacht« ...

Die Dinge bei Licht zu besehen, ist keine Kunst. Aber im Dunkel den Stromkreis mit dem Funken des Gedankens zu speisen – da liegt das moderne Problem.

GERECHTE SCHADENFREUDE

Diesmal liefert die Stadt Hamburg ein Gaunerstückchen, das verlohnt, eben einmal kurz durch die Mühle des Feuilletons gejagt zu werden. Wollen sehen, welche Erkenntnis sich aus dem Vorgang ausmahlen läßt.

Böse Menschen gibt es überall. Straffällige ebenfalls. Aber, und das ist das Beruhigende in diesem kriminellen Zusammenhange, Polizisten auch. Ein junger Tunichtgut streunte auffällig vor dem Hamburger Hauptbahnhof umher. Er näherte sich in Abständen männlichen Reisenden, in deren Augen er den leeren Raucherblick zu erkennen glaubte, und redete sie flüsternd und auf missingsch an. Dann geschah es, daß beide gedämpfte Verhandlungspartner verstohlen in die Taschen griffen. Geld und Zigaretten wechselten ihre Besitzer. Der Tausch und das Delikt waren perfekt. Der junge Mann legte sich erneut auf die Lauer nach schwachen Charakteren, von denen auch in Hamburg am Hauptbahnhof genügend passieren, daß einer sein schwarzes Gewerbe ganz auskömmlich aus ihnen ziehen kann.

Wenn eben das Auge des Gesetzes nicht wäre. Ein Kriminalbeamter trat hinter einem Kandelaber hervor und stand plötzlich vor dem jungen Delinquenten, ein Erzengel Gabriel des Preisstops, die Verkörperung der Redlichkeit im Bürgersakko. Bestimmt forderte er dem verdutzten Junghändler die restliche Rauchware ab. Es waren vierundvierzig Zigaretten, besten Virginiatabaks. Und wenn auch Urbanus über die Hamburger Kurse nicht aufgeklärt ist – das läßt sich wohl sagen: ein kleines Vermögen.

Der Kriminale nahm die Gegenstände des öffentlichen Mißfallens natürlich als erstes an sich, dann das Bürschchen selbst beim Schlafittchen und brachte es zur »Davidswache«. Je näher sie jedoch diesem alttestamentarischen Polizeirevier kamen, um so stockender die Schritte. Als sie aber vor der Schwelle der Gerechtigkeit standen, siehe, da versuchte der Kriminalbeamte, der sich eben noch mit seinem Fang so dick getan, sich dünn zu machen. Er machte, wie es ebenso vulgär wie plastisch heißt, die Socke scharf, ließ sein Opfer los und steuerte der nächsten Ecke zu. Ein falscher Polizist. Ein radikaler Ausbeuter der Ausbeutung. Ein Schwarzhändler ins Quadrat erhoben. Der intelligente Leser hat es gemerkt und sich mit Urbanus ins Fäustchen gelacht. Denn einen Dieb durch einen intelligenteren noch gefoppt zu sehen, ist eine Schadenfreude von hohen geistigen Graden.

Urbanus aber hat zu sorgen, daß der Vorgang am Ende wieder im breiten Strombett des Moralischen endet. Keine Sorge: er endet! Denn der kleine Verbrecher schlug genügend Lärm, daß die Polizisten aus der »Davidswache« zuhauf liefen, sich beide griffen und das doppelte Verbrechen in Kürze den einen hinter Schloß, den andern hinter Riegel brachten, ohne daß sie die gewärmte Dienststube unziemlich lange hätten verlassen müssen.

Merke: Die Welt ist gar nicht so schlecht, wie einem oft bei ihrer Betrachtung werden möchte. Und das Laster, sei es noch so abgefeimt, stolpert endlich doch über die eigenen schmutzigen Füße, wie hier – direkt vor der »Davidswache«.

ATOMBÖMBCHEN

Wenn Urbanus jetzt aus dem Fenster blickt, ist die Aussicht umrahmt von purem Rot. Der wilde Wein, der sich an der Außenwand des angekratzten Häuschens zu schaffen macht, hat sich gründlich verfärbt. Die Ruine jenseits der Straße ist wie zum Karneval verkleidet. Über Nacht hat man sie mit Plakaten behängt. Starke Worte auf dünnem Papier. Im Oberstübchen des Chronisten ist es grimmig kalt. Nur hin und wieder lugt die Sonne hinter kompakten Lämmerwölkchen hervor. Das Terrain ist voll unwirscher Melancholie.

Wenn es um diese Kalenderzeit auch die Pflicht der Feuilletonisten sein mag, gemütvoll auf dem letzten wärmenden Sonnenstrahl herumzureiten – Urbanus sieht sich dazu heuer außerstande. Denn Kälte ist ein böser Hausgenosse, und schlecht fühlt sich der Puls der Zeit mit klammen Fingern. Da kommt eine Meldung von so radikaler Dummheit, daß zumindest sich die Schadenfreude daran erwärmt. Ein modernes Märchen der Torheit, aus Mailand. Der Gefoppte heißt Fulvio Rovani. Er ist Florentiner, hat aber trotzdem die Weisheit nicht mit Löffeln gelöffelt. Er ging einem Manne auf den Leim, der sich bei einem Schoppen Chianti ihm näherte und vorgab, eine Erleuchtung zu haben, aber kein Geld. Er breitete vielsagende Pläne aus, aus denen hervorging, daß er eine »Ersatz-Atombombe« erfunden habe, schnell, billig und auch von Kindern bedienbar. Ein prächtiges Instrument der Vernichtung, mit dem man in der wirren Welt im Handumdrehen sein Geld machen könne. Das Bömbchen sei Zucker, der Plan sei gut. Nur fehle dem hurtigen Erfinder noch der Kompagnon der Vernichtung. Wie es wohl stünde?

Hier zog der arglose Florentiner seine Brieftasche und warf gleich eine halbe Million Lire in das dubiöse Geschäft. Der Erfinder kassierte an Ort und Stelle, versprach, von sich und der Bombe hören zu lassen, griff zum Hut und ist von Stund an unauffindbar.

Dummheit ist keine Seltenheit, und es mag sein, daß der Leser fragt, warum Urbanus nicht nachläßt, Historien menschlicher Torheit zu rezitieren. Oh, das hat seine guten und traurigen Gründe! Solange es noch Menschen gibt, die bereit sind, zu Zwecken der Verwüstung und des Verderbens schlankweg über den glatten Tisch einer Kneipe ihr Vermögen zu opfern, ist Sicherheit auf unserem Planeten nicht. Solange Zeitgenossen, wenn auch entfernte, sich Vorteil davon versprechen, daß die Technik auf Ausrottung und Tod gerichtet wird, ist Ruhe nicht auf diesem Erdball. Hier ward ein Tor aus Florenz übertölpelt. Aber wo ist Gewißheit, daß andere radikale Toren nicht an anderer Stelle ihr Kapital tatsächlich in die Verbreitung des Todes investieren? Und ihren Nutzen haben sie erst, wenn's wirklich bumst. Wir hatten Beispiele. Wir sind gewarnt.

Laßt uns zusammenrücken, denn der Herbst wird kühl.

WAHLFIEBER

Zwei Tage vor der Wahl ist schlecht nach den Sternen deuten. Jetzt auf die Untiefen in der Brust des Mitmenschen mit gestrengem Finger zu weisen, würde kaum verfangen. Der Kommentator des Tiefsinns findet kein Gehör. Die Welt unserer Stadt schwirrt wie ein Bienenhaus. Bei Nacht ziehen Kolonnen durch die Straßen und kleben ihre Überzeugung an die Häuserreste. An jeder dritten Ecke finden sich wackere Männer zusammen, um das öffentliche Wohl gewissenhaft zu bereden und den Umstand, daß, ehe die Sonne noch einmal gesunken ist, wir ein Kreuz auf Papier zeichnen werden. Darum geht die Erregung.

Harte Worte werden laut. Uralte Freundschaften sind plötzlich brüchig. Durch ganze Familien läuft starr die Grenze der Entscheidung. Bisher Verfeindete finden sich, selbst erstaunt, plötzlich Schulter an Schulter in gleicher politischer Phalanx wieder. Die Journale geben das Letzte an Überzeugungskraft und Druckerschwärze her, und manche redliche Stimme ist schon heiser vor ernster Gesinnung. Sie schweigt trotzdem nicht. Ausfälle aus dem eigenen Lager werden gewagt, um dem Gegner hämisch an der Weste zu zupfen, und listig wird manch harter Knüppel vor feindliche Beine geworfen. Unsere kleine Welt fiebert. Kurz: mit keinem Menschen ist vor Sonntag ein vernünftiges Wort zu reden, oder besser, man muß mit allen nur vernünftig reden bis dahin. Und wer entscheidet, was auf die Dauer anstrengender ist?

Anstrengend, aber absonderlich schön. Durch die Jahre ward den Menschen der staatsbürgerliche Mund verschlossen. Zuweilen wurde er nur zu einem gedrillten »Ja« kurz amtlich geöffnet. Wer ein Herz hatte, deckte das Telephon mit dem Sofakissen zu und sagte die Wahrheit leise hinter der Hand. Wenn es klopfte, schrak er zusammen und schwieg schon wieder. Es waren böse Zeiten, und die Freiheit war eine fremde Vokabel.

Urbanus empfiehlt, wenn mancher allzu feinsinnige Zeitgenosse einen ästhetischen Überdruß vor der Fülle der laut tönenden Stimmen empfindet, dieser Zeiten eingedenk zu sein. Dann klingt ihm wohlig der neue dissonierende Chor der Meinungen im Ohr, und er erkennt, daß einer darum nicht feiner ist oder ein größerer Geist, wenn er mit überlegen scheinender Geste sich auf einen Turm von Elfenbein flüchtet. Verdächtig sind die, die die Mundwinkel spöttisch verziehen, wenn es um das Tägliche geht. Und sich die Finger dreist an dem Notwendigsten ehrsam schmutzig zu machen, war nie unter eines Mannes Würde.

Nicht mehr wird verlangt als ein kleines Kreuz. Unsere Welt wird damit nicht gut auf einen Schlag. Das gewiß nicht. Aber daß sie wieder um eine Kleinigkeit besser wird, dazu kann jeder nun wieder helfen nach seinem Gewissen und seiner Erkenntnis. Ein erneuertes Glück, man vergesse es nicht.

Aber vergessen soll man auch nicht, hat der Sturm sich gelegt, sind die Kreuze gezeichnet, sich die Hände zu reichen und wieder zusammenzurücken. Denn wir sitzen nach wie vor auf dem gleichen, reichlich lecken Dampfer.

MAN ESSE MANIERLICH

Selbst auf die Gefahr hin, sich wiederum den bitteren Vorwurf gedanklicher Abwegigkeit zuzuziehen, ein stockernstes Kopfschütteln der Zweckbesessenen, eine Handvoll ermahnender Briefe der sauren Sippe der Seriösen – Urbanus kann nicht umhin, kurz einmal die folgende sonderbare Blüte aus dem Unterholz unseres Blätterwaldes zu bergen und öffentlich zu zerpflücken. Was sagen Sie dazu, daß Herr Joseph Lobner drei Jahre lang an Magengrimmen litt? Drei Jahre, das sind weit über tausend Tage. Morgens mit dem Druck im Gekröse zu erwachen, tagsüber sich vor Schmerzen zu krümmen und nachts noch mit Seufzen einzuschlafen, weil ständig das Kneifen im Gedärm wohnt, gewiß, Herr Lobner ist zu bedauern. Aber sein Fall ist ein medizinischer Fall. Lobner hatte ein populäres Vorurteil vor der Zunft der Ärzte, den verbreiteten Argwohn gegen die Männer, die aus unseren Gebrechen ihren Lebensunterhalt ziehen. Immer verschob der leidende Lobner den Gang auf morgen, drei Jahre lang, bis ihn endlich der Doktor vor das Röntgenauge bekam und Umschau in seinem Magen hielt. Hier wird die Meldung Sensation.

Kein Wunder, daß der Arme litt, denn er hatte ein Stück des Familiensilbers verschluckt. Das verblüffte Auge des Arztes erblickte eine ausgewachsene Gabel im Gedärm des Patienten. Dem Röntgenologen blieb bei dem Anblick seinerseits ein Ausruf im Halse stecken.

Jetzt ist es Aufgabe des Arztes, dieses Stück Tafelsilber zu bergen. Die Folgerungen, die sich für den Zeitbetrachter ergeben, sind andere. Vorerst ist Frau Lobner der Vorwurf leichtfertiger Haushaltung nicht zu ersparen. Im Verlauf dreier Jahre das Tafelsilber nicht ein einziges Mal durchzuzählen und das zwölfte Stück im Dutzend zu vermissen, ist ein Zeichen lodderiger Wirtschaftsführung. Beängstigender aber ist: wie konnte Lobner die Gabel schlankweg mit der letzten Kartoffel verspeisen, ohne daß ihm der Umstand sofort aufgestoßen wäre?

Der mißtrauische Leser wird fragen: Woher weiß Urbanus, daß es unbedingt die letzte Kartoffel war, die mit fraglicher Gabel im fraglichen Schlunde verschwand? Die Logik ist hier auf seiten des Chronisten. Denn hätte Lobner das Stück aus der Wirtschaft noch mit der vorletzten Kartoffel konsumiert – das wäre aufgefallen. Für die letzte hätte er die Gabel vermißt. So aber wischte er nur den Mund, stand auf und hatte von Stund an den fünfzinkigen Schmerz in der Anatomie.

Jedes Ding hat seine Lehre. So auch die Gabel. Wenn im Laufe der Zeit sich die Sitten erschreckend gelockert haben, das Betragen bei Tisch ist allenthalben auch nicht zum besten. Manche verschlingen die Zeitung beim Essen. Andere schneiden die empfindsame Kartoffel. Dritte werfen sich über den Teller wie junge Hunde. Man esse manierlich! Wo aber Eltern Not haben mit der speisenden Jugend und dem Anstand bei Tische, gibt ihnen Urbanus als Erziehungsbeihilfe und als Abschreckung Lobners furchtbares Schicksal an die Hand. Die Geschichte von der Gabel im Darm.

GESINNUNG IM KNOPFLOCH

Oh, wie ist es kalt geworden! Seit Urbanus zum letzten Male mit dem freundlichen Leser zwanglos plauderte, hat er eine beständige Gänsehaut angelegt, und der Ort seiner täglichen Sehnsucht ist zwischen zwei wärmenden Laken beschlossen und unter dem treuen Deckbett. Die kühlen Winde schlagen auf das Gemüt. Der Tageslauf verliert an Vehemenz. Ins scharf beobachtende Auge des Chronisten drängt sich störend die Kältetränc und läßt die harten Konturen der Dinge verschwimmen. Ella, in Wolle gewickelt, steht am wärmenden Herd und kocht das Getränk, das seit Jahren nun schon den Kaffee so unvollkommen ersetzt. Der unwirsche Boreas pocht unablässig an die provisorische Fensterverkleidung, und wenn man spricht, so gleicht man den Figuren auf den mittelalterlichen Bildern: der sichtbare Hauch des Atems weht wie ein Spruchband uns vorweg durch das Zimmer. Es ist soweit. Gepriesen, wer jetzt eine dicke Unterwäsche sein eigen nennt. Er lege sie an!

Und hat er sie angelegt, wird er immer noch bebend darüber meditieren können, warum, wenn Kälte schon nötig ist, sie gleich so kalt sein muß wie in diesem barbarischen Winter. Das Mittelmaß des Erträglichen ist auch auf dem Barometer und Thermometer aus der Mode gekommen. Das schwankt, das tendiert in die Radikalität und pendelt heftig von Extrem zu Extrem. Von Pol zu Pol, um im kalten Bilde zu bleiben.

Das Leben aber, wenn auch um einige Wärmegrade vermindert, geht weiter. Urbanus steht mit hochgezogenen Schultern an den Straßenecken des Daseins und beobachtet den wirren Lauf der Dinge. Er sieht nicht nur den Zeitgenossen prüfend ins Gesicht. Er blickt auch auf den Mantelaufschlag. Und da ist nun Erstaunliches zu melden: man trägt wieder Gesinnung. Für kurze Zeit war das Revers frei von Weltanschauung. Jetzt blüht dort verstohlen wieder das Blümlein der sichtbaren Überzeugung. Man traut nicht den Augen.

Urbanus notierte vorerst als Unikum, wie einer dahinschritt und durch ein Zeichen im Knopfloch bezeugte, wo er Partei ergriffen habe am Sonntag der Wahl. Doch blieb das kein überzeugter Einzelfall. Noch mehrere Passanten trugen schon wieder die Plakette ihrer unterschiedlichen Zugehörigkeit eine Handbreit über dem Herzen und kamen sich sehr wichtig vor.

Was wird nun geschehen? Männer werden zueinander fremd ins Zimmer treten. Sie sehen sich nicht in die Augen, sondern rechts aufs Jackett, und sie denken »Aha!« und »Soso!«. Man weiß, wen man vor sich hat, ob Freund oder Feind. Man öffnet die Arme oder zieht die Brücke des Mißtrauens hoch. Und wenn die Politik dergleichen tut – wird man dabei haltmachen? Werden sich nicht die Konfessionen auch ein Stelldichein geben im Knopfloch! Und ob ich Monist bin oder Dualist oder gar ein mondäner Existenzialist – ob ich ein Antialkoholiker mich nenne oder Vegetarier, warum sollte ich damit hinter dem Berge des Rockaufschlags halten? Die Brust ist breit und der Sakko geduldig. Es geht also wieder los, und der Bekennermut wohnt zehn Zentimeter von der Krawatte entfernt.

Die Vielfalt des Lebens wird wieder einfältig. Der Zeitgenosse lechzt nach dem Stempelchen an sichtbarer Stelle, er fühlt sich heimlich erhaben über uns, die wir das Revers nackt tragen und es nicht mit den blechernen Emblemen unserer stillen Erkenntnis pflastern. Zuerst wird es lästig sein und zuweilen komisch. Dann wird sich die Brust unter den feindlichen Abzeichen blähen, und mit einem Blick sind Wände wieder aufgerichtet zwischen Menschen, deren Aufgabe es wäre, Brücken zu bauen und das Verständnis zu pflegen.

Seid vernünftig, Freunde! Nehmt die Gesinnung aus dem Knopfloch!

LICHT IM NOVEMBER

Dies ist die Zeit der schlechten Laune. Die Gärten sind kahl, die Winde feucht und voller Influenza. Wenn man nachts durch die Straßen stolpert, so spiegelt sich der unwillige Mond in den Tümpeln auf der zerfurchten Fahrbahn. Die Ruinen ringsum haben die grüne Patina, die sie mit dem Wachstum des Sommers vielfach angelegt hatten, längst abgestreift. Die Welt macht einen sehr ruinösen Eindruck. Wer morgens erwacht, tut es ohne Freude. Denn das vergleichsweise warme Bett zu verlassen, gleicht einer heldischen Tat von solcher Willensstärke, daß die Antike kaum Beispiele dafür aufweist. Der Himmel behängt sich saisongemäß. Und vorgestern, ehe der Chronist es sich noch jahreszeitlich versah, fand er einen feuchten Schnee auf dem Fensterbrett. Er schmolz dahin und ließ eine ziehende Kälte zurück, bevor man den buchenswerten Umstand noch im Kalendarium notieren und mit einigem Tiefsinn besticken konnte. Wer in unser Zimmerchen tritt, bringt lästigen Straßenschmutz mit sich herauf. Die Welt lebt im Mantel. Die Menschen existieren mit unwillig hochgezogener Schulter. Wenn sie sich reiben, dann knistert es, und selten hat man so viel reizbare Worte gehört wie in diesen novembrichten Tagen. Man ist unwirsch und durch die Bank erkältet. Schlechte Laune geht um. Die Tage der Rosen sind fern.

Mit Fleiß hat Urbanus dies Panorama des jahreszeitlichen Trübsinns an die Silberwand seines Feuilletons projiziert. Da leuchtet kein Farbfleck. Die Welt liegt in völligem Grau, so scheint es. Die Hoffnung hält einen Winterschlaf. Dieser Anschein trügt.

Vor der eigenen Schwelle kann man Belehrung erfahren. Stromgesperrt lag die Straße. Beschlagen vom Novembernebel, mit klammen Fingern suchte der Chronist das Schlüsselloch in der Tür seines Hauses, da wurden flüsternde Stimmen laut. Zwei Menschen in schwarzer Feuchtigkeit. Ein Mädchen, ein Mann. Zwei verliebte Stimmen.

Er sagte: »Du wirst dich erkälten. Du mußt gehen.« Sie sagte: »Ich muß wohl. Ich freu' mich auf morgen. Bringst du mich wieder nach Hause?« Er erwiderte: »Ja, natürlich. Es ist alles so schön.« Und dann trennten sie sich.

Der Lauscher erschrak. Nicht daß der geflüsterte Dialog vor der beschlagenen Haustür von besonderen Tiefsinn gewesen wäre, nicht daß hier ein Gott den beiden gegeben hätte, auf eine neue Weise zu sagen, was sie selig litten. Sie sprachen es sachlich mit flüsternder Stimme. Zwei Verliebte bei Nacht auf der kalten Straße. Eine Zärtlichkeit, während die Nässe von den kahlen Bäumen tropfte. Ein flackerndes Licht im November. Ein paar landläufige Worte, die alte, selige Torheit der Menschen. Ein Seufzer im Nebel, daß »alles so schön sei«. Die Welt war verwandelt. Jetzt trennten sie sich.

Man bedenke: kalte Füße sind eine Plage, und wer sich einen Schnupfen an der Jahreszeit holte, hat wahrlich für die nächsten Wochen nicht viel zu lachen. Aber daß hin und wieder Menschen unter uns umgehen, die der Gott im November mit Liebe schlug, ist ein erwärmender Gedanke. Und daß die Zuneigung unter jungen Leuten nicht aufhört auch bei böser Kälte, ist tröstlich zu denken. »Es ist alles so schön!« – solange dergleichen Seufzer noch vor den Haustüren laut werden, ist kein Grund, sich zu härmen. Denn siehe: den Menschen ist gegeben, sich die Welt zu verwandeln.

PÄCKCHEN ZUM MOND

Ein hochkritischer Punkt in der Entwicklung der Erdenbewohner wurde erreicht. Es traf uns die Nachricht, die Wissenschaft sei nunmehr in der Lage, Gegenstände kleineren Volumens dem Mond in das runde Gesicht zu schießen. Wir können also jetzt den Bewohnern des traulichen Trabanten Nachricht und Aufklärung über unsere Erdenverhältnisse geben. Unser Planet tritt aus seiner Isolierung heraus. Es gilt, den Mondbewohnern (gesetzt immer, es gibt sie) zuerst von unserer Existenz und dann von der Beschaffenheit unserer Erde Nachricht zu geben. An diesem Punkte macht die Menschheit Inventur. Jetzt tritt sie aus den globalen Schranken, die ihr Jahrtausende gesetzt waren. Unser Umgang wird kosmisch. Wir müssen uns zeigen und Farbe bekennen vor dem Nachbarn vom Mond.

Eine mißliche Sache! Denn die postalischen Möglichkeiten sind bisher noch beschränkt. Nur Päckchen kann die Wissenschaft auf den Mond expedieren, und in vierhundert Gramm dem ahnungslosen Bewohner eines fremden Staates eine möglichst vorteilhafte Vorstellung von uns selber zu geben, das fürwahr ist eine Aufgabe – wert des edelsten Schweißes. Denn was kann man schon zeigen? Ein Photo des Menschen ist unbedingt beizulegen. Das steht außer Frage. Aber wer kann sich sehen lassen? Soll es die schöne Miß California 46 sein, gekleidet von den Meistern der Haute Couture zu Paris? Es kann sein, immerhin, auf dem Mond ist kein Verständnis für solche Hochblüte erdiger Schönheit zu finden. Hat es Zweck, beispielsweise das Antlitz des Professors Einstein auf Glanzpapier zu offerieren? Möglich, daß sein weißer Haarschopf die Mondmänner schreckt, und ob sie in der weisen Landschaft seines guten Angesichts lesen können, ist wieder fraglich. Schon beginnt das Problem.

Es wächst und wird peinlich, wenn wir die Errungenschaften der Jahrtausende unserer Erdenkultur abklopfen und fragen, was davon uns zum Ruhme gereicht. So betrachtet, herzlich wenig. Der Lehrsatz des Pythagoras wäre einzupacken. Die Zehn Gebote sind unbedingt beizulegen, aber da wieder ist schamhaft zu verschweigen, wie wenig wir uns durch die Generationen um diese gewaltige moralische Leistung der Menschheit geschert haben. Hat es Zweck, eine Probe des Pulvers anzubieten, das wir wohl erfanden, aber hauptsächlich zu Zwecken der Tötung verwandten? Soll man eine Auswahl der Weltpresse von heute einpacken? Oder Poesie? Aber auch da: wir werden Homer für uns sprechen lassen müssen.

Denn alles seitdem ist nur brüchige Wiederholung mit halber poetischer Stimme. In diesem Aspekt erweist sich vieles als Firlefanz. An vierhundert Gramm wird die Menschheit gewogen, und – ach! – schon erweist sich, daß wir so viel Muster von Wert kaum besitzen, um die Waagschale dieser Prüfung positiv zu belasten.

Seien wir vorsichtig, ehe wir uns zeigen! Setzen wir uns lieber noch ein paar Jahrhunderte auf den moralischen Hosenboden. Daß es im Kosmos schließlich nicht heißt, wir seien zu leicht befunden worden – an einem Päckchen zum Mond.

AKUSTISCH VERSTOPFT

Über die Musik sind die Meinungen geteilt. Es gibt gute und schlechte. Es gibt laute und leise. Es gibt leichte und schwere, sogenannte große und kleine. Aber es gibt zuviel Musik auf der Welt, das ist außer Frage.

Wenn unsere verehrungswürdigen Altvorderen sich einen musikalischen Spaß machen wollten, so knüpften sie den Vatermörder um. Mutter warf sich in knisternde Seide, den Kindern wurde das Gesicht gewaschen. Lehren über Wohlverhalten beim Anhören der Musentöne wurden erteilt, und man schritt zum Tempel der Töne, wo auserlesene und bestaunenswerte Herren in Schwarz versammelt waren, die Welt zu einem Klingen zu bringen. Man sperrte die durstigen Ohren auf. Die Töne tropften auf eine trockene Landschaft der harmoniefreudigen Herzen. Wohlgefallen, Tränen in weiblichen Augen. Zuneigung zu dem siegreichen Tenor unter der Welt der Backfische in der Krinoline. Das war etwas, von dem man noch lange zehrte, denn nun herrschte für Wochen die produktive Stille.

Wie anders wir heute! Urbanus gesteht, daß er sich am frühen Morgen schon zu den Klängen von »Heinzelmännchens Wachparade« den lästigen Bartwuchs entfernt. Die tanzfreudige Ella schwingt mit einer Symphonie in Blau das rastlose Staubtuch. Im Dreivierteltakt seufzt schleifend eine weibliche Stimme in das Denkergeschäft und nimmt der optischen Beobachtungsgabe durch die akustische Ablenkung oft Schärfe, die sie wohl haben sollte. Die Welt ist akustisch verstopft. Wenn ehrbare Männer von der Tagesarbeit heimkehren, so vertreiben sie durch einen Handgriff am Radio die produktive Stille im Raum. Und in einigen Stadtteilen ist man selbst unter offenem Himmel nicht von den Musen verschont:

Um 1950

Lautsprecher schreien scheppernd lässige Weisen über das Gebrüll des Verkehrs, und mit Paul Lincke überschreitet man dort den Fahrdamm.

Wohin wird das führen? Es ist so weit gekommen, daß, wenn die Herrlichkeit einer Bachschen Fuge auftönt, selten einer auch nur das Ohr spitzt. Und wenn aus der musikalischen Mechanik, die heute zu jeder besseren Kücheneinrichtung gehört, ein gesetzterer Bariton sich in Schubert verströmt, putzt die Hausfrau die Schuhe. Wir sind musikalisch auf den Hund gekommen. Autofahrer selbst lassen am Volant die Chance nicht aus. Neben dem Schaltbrett wohnt die Musik. Mit Beethoven gehen sie flott in die Kurve.

Urbanus, selbst ein gedankenloser Verschleuderer unserer musikalischen Werte oft genug, schlägt vor, zu akustischer Abstinenz zusammenzutreten. Wir müssen die erregende Kraft der Töne wieder fürchten lernen. Man muß zittern von neuem, wenn der Wohlklang erklingt. Das Ohr muß wieder fasten, daß es endlich wieder hört. Darum: zahlt wacker eure Rundfunkgebühren, aber – bitte! – stellt zuweilen das Radio ab!

HEIRATEN

Urbanus, als Mann von Welt, wird sich hüten, das heikle Eheproblem hier feuilletonistisch ganz aufzurollen. In Details zu gehen, verbietet der männliche Takt und die weibliche Tatsache, daß ihm die neugierige Ella zuweilen über die Schulter sieht. So viel läßt sich aber sagen, daß selten über einer Institution so viel grundtörichte Illusionen lasten wie über der armen Ehe.

Eines ist, mit einem lieben Mädchen unter dem Monde zu spazieren und weiche Gefühle in der Brust zu empfinden. Ein anderes ist, mit der standesamtlich zugeteilten Gattin nach kargem Abendbrot in der Küche zu stehen. Sie wäscht ab. Man selber trocknet mißmutig Teller. Eines ist, aus lauter Hilflosigkeit des geschlagenen Herzens Verse der Liebe mit jünglingshaftem Elan auf die Rückseite einer alten Rechnung zu notieren. Ein anderes, auf Geheiß der Gemahlin noch spätnachts und todmüde in den Keller zu steigen, um die drei Briketts für morgen zu holen. Eines ist, eine zarte Jungfrau in die Dunkelheit eines Kinematographen zu locken, um dort sehnsüchtig und verstohlen nach der ersehnten Hand zu tappen. Ein anderes, die ständige Lebensgefährtin nach ihrem gerüttelten Tagewerk bitten zu müssen, uns noch die faustgroße Bolle im Strumpfe zu stopfen.

Ehe, das ist ein landläufiger Denkfehler, ist nicht das Glück, ist nicht Halleluja des Herzens in Permanenz, sondern Ehe ist eine Lebensform zu zweit. Und das ist schöner. Die jungen Leute aber glauben, es erwarte sie nach der amtlichen Registrierung im Stadtprotokoll nun dauerndes Kling-Klang-Gloria. Hier irren sie gründlich. Verliebtsein macht kurze Zeit glücklich, falls es das gibt. Verheiratet sein aber macht auf die Dauer weise, und das gibt es bestimmt. Romeo und Julia sind ein poetisches Paar, nicht ohne Rührung zu bedenken. Aber der Preis des standhaften Lebens geht zweifellos an Philemon und Baucis, die gemeinsam, ehelich und weise über die Strecke des Lebens kommen und nun altersschwach, aber traulich auf der Bank vor der Tür in der Abendsonne des Daseins sitzen. Hier liegt eine Leistung vor, Ordnung und Dauer. Dort aber tobte nur kurz und tragisch die süße Anarchie des Gefühls.

Einsamkeit ist ein böses Ding. Die Ehe ist erfunden, sie aus der Welt zu vertreiben, wahrscheinlich das einzige Mittel. Es ist eine holde List der Natur, daß sie die Mädchen und Jünglinge mit dem Versprechen des Glücks an die Standesämter treibt. Und zwingt sie nachher, mehr als nur glücklich, nämlich weise zu werden in dem positiven Kompromiß des vertrauten Zusammenlebens. Wer überdies sich immer wieder neu in die eigene Gattin verlieben kann, dem freilich steht der ganze Himmel offen. Er ist beides: glücklich, weise und zudem noch klug. Und das ist mehr, als selbst die Philosophen des Altertums vom Dasein erhofften.

Nicht gut ist es, daß der Mann allein sei. Er sehe sich um unter den Töchtern des Landes und heirate! Aber – versteht sich – die Richtige muß es schon sein.

STREIT UM DEN BART

Die Welt fordert stündlich Entscheidung. Gabelwege des Schicksals überall, an denen sich der verblüffte und oft verzagte Zeitgenosse findet, umweht von den widrigen Winden der öffentlichen Meinung. Das beginnt schon des Morgens, wenn es gilt zu entscheiden, ob man sich heroisch der Kälte des Daseins sofort ausliefern soll, oder wie es wäre, pflichtvergessen, aber warm, auf Teufel-komm-raus noch ein Viertelstündchen zuzugeben und sich fünfzehn genossene Minuten zu spät an Hand einer groben Lüge hinkend in den allgemeinen Arbeitsprozeß einzufädeln.

Das reißt nicht ab. Beim Frühstück wird schon wieder ein gewichtiges Ja oder Nein von uns gefordert, ob man dreist mit vier trockenen Schnitten sich in die Nähe der Sättigung begeben soll oder innehalten bei der dritten, des langen Abends hausväterlich eingedenk. Wer das Glück hat, in der Gesamtmassage des öffentlichen Verkehrsmittels dann noch ein Zeitungsblatt bis in die Nähe der Augen zu bringen, steht schon wieder bis an den Hals in Entscheidung. Pro und contra säumen den Tageslauf unablässig. Überall wird der Entschluß beansprucht, hat man zu nicken oder den Kopf zu schütteln. Herakles an seinem oft gemalten Scheideweg war, damit verglichen, ein Anfänger. Wir erst multiplizieren sein Schicksal. Und uns malt keiner.

Jetzt tritt eine Rotte katilinarischer Gestalten auf die öffentliche Plattform und verlangt, daß sich die männliche Welt den Vollbart wieder wachsen läßt. Der Bart erst, sagen sie, macht den Mann und den Weisen. Das nackte Kinn, heißt ihr Argument, ist eine Unnatur. Diogenes wäre nicht der Mann, der er war, ohne Bart. Michelangelo ist ohne seinen gemäßigten Fußsack nicht denkbar. Das Volk der Frauen, werfen sie in die Waagschale des Problems, ist eher zu zähmen, wenn das Kinn behängt ist. Sie haben errechnet, wieviel Zeit auf die überflüssige Bekämpfung des Haarwuchses männlicherseits vertan wird. Am Ende eines Lebens ist manch schönes Jährchen rein aus Eitelkeit verplempert. Im bärtigen Gesicht verfängt sich das volle Leben. Am glatten Kinn gleitet es ab. Über den Kompromiß des Schnurrbartes lassen sie nicht mit sich reden. Sie wollen das sehen, was der Volksmund das volle Sauerkraut nenne. Erst wenn wir alle umhergehen wie die Männer in Oberammergau, denken sie, kommt die Welt auch ins Lot. Der Vollbart als Weltanschauung und Ausweis maskuliner Gesinnung. Darunter tun sie es nicht.

Das alles ist komisch. Urbanus, nachdenklich die Hand am leeren Kinn, kann nicht umhin zu bemerken, welch ein Fortschritt es ist, wenn die Welt wieder Zeit hat, dergleichen zu diskutieren. Dummheit ist ein weites Feld und unausrottbar. Aber wie beruhigend, wenn sie sich nicht in Dingen mit tödlichen Folgen verfängt und nicht verheddert in Bezirke, die geladen sind mit vitalen Problemen, sondern wenn sie das Abseitige zur Domäne nimmt und das freie Kinn diskutierend bestreicht. Wenn sie wieder Muße hat, um den Bart zu streiten.

MAN VERSCHONE UNS

Wer von den lieben kalten Lesern erwartet, Urbanus habe in diesen Tages des feigen und plötzlichen Kälteüberfalls etwas Erwärmendes mitzuteilen, etwas, das die Eisschicht, die über der Welt liegt, herzlich auftauen könnte, hat sich gröblich geschnitten. Der Chronist beobachtet durch die Eisblumen am Fenster, wie sich die Sonne kläglich, rötlich und tief am Trümmerhorizont vorüberquält, ein Wärmeversager auf der ganzen kurzgewordenen Himmelslinie. An der Wasserleitung hängt melancholisch der Eiszapfen.

Der Zeitbetrachter ist des Morgens nicht aus dem Bett zu entfernen, der halben Wegs gemütlichen Etappe der Nacht. Wenn er den Griffel erhebt, um die fälligen Eintragungen in das Vormerkbuch des Herzens zu machen, so ist seine Schrift ungenau und trifft nicht mehr den Kern der Dinge. Fäustlinge behindern die Schreibefinger. Der Winter ist da. Uns bleibt nichts, als den Kopf einzuziehen, hin und wieder die Hände um den starren Leib zu schlagen und zu sehen, wie man über die frostige Strecke kommt. Mein Gott, ist das kalt!

Um 1950

Frühere Generationen hatten eine glückliche Art, die negativen Monate zu überdauern. Sie sangen Lieder hinter dem Ofen. Sie hüllten sich in Wolle und Pelz, bestiegen die Pferdeschlitten, und mit Juchhei und Glöckleinklang ging's mitten durch den rauhreifen Winterwald. Sie zogen wieder, in dicke Wolle eingelassen, anmutige Bogen auf vereisten Seen. Oder sie banden Holz unter die Füße und glitten jubelnd verschneite Hügel hinab. Das alles entfällt. Denn im Hintergrund solcher frostigen Belustigungen stand die Sicherheit einer knuffig warmen Stube, ein bullernder Ofen und auf dem Tisch der dampfende Grog. An die Verrückten vollends zu denken, die Selbstmördern ähnlich, das Eis der Seen erbrachen und aus lauter Drall und übertriebener Hygiene ein Bad unter klarem Himmel nahmen, verbietet heute der Selbsterhaltungstrieb. Der Winter rückt uns unerbittlich bis unter die zerschlissene Weste. Die Kälte ist radikal und mit den nicht gegebenen Mitteln nicht zu bekämpfen. Was Winter ist – wir wissen es jetzt, falls es der Belehrung bedurfte.

Nun ist ein vollendeter Tor auf die Rednerbühne der öffentlichen Diskussion getreten, um billigen Trost zu verbreiten. Kälte, Hitze, Speise, Trank, Schlaf, Heim, Arbeit – für unsere Väter seien das in ihrer bürgerlichen Saturiertheit leere Vokabeln gewesen. Wir erst wüßten, was ein voller Teller sein kann oder eine warme Stube oder ein herzhafter Schluck aus einer alkoholischen Flasche. Erst die völlige Notdurft mache uns empfänglich für die Gnade der täglichen Dinge. Wir sollten, sagt der tröstende Tor, dankbar sein, denn intensiv und wirklich leben täten erst wir, die wir uns all das erkämpfen müßten, Tag für Tag.

Hier danken wir bestens! So genau, kann man nur sagen, wollten wir es nicht wissen. So kalt braucht uns gar nicht zu sein, um zu lernen, was Frost ist. So bedürftig nicht, um mitsprechen zu können, wenn vom Mangel die Rede geht. Später, vielleicht, werden wir uns etwas darauf zugute halten, daß wir's überdauerten, alles. Vorläufig aber verschone man uns mit schnellem Trost und hurtigem Zuspruch. Vorläufig noch ist die Welt aus den Fugen. Und – mein Gott – ist sie kalt!

AUFRUF ZUR GÜTE

Wie Urbanus den sich mehrenden Pressestimmen erschrocken entnimmt, ist Weihnacht heran. Wir stehen direkt auf der Schwelle des Festes und merken es kaum. In lang verschütteten Jahren brach zu diesem Zeitpunkt schon manch weihnachtsemsiger Zeitgenosse zusammen: die Vorbereitung war enervierend. Bäume. Geschenke. Kerzen. Gänse. Pakete. Bunte Teller. Besuche. Weihnacht in bürgerlicher Festkonvention war eine Strapaze, will man ehrlich sein. Was aber das Innenleben betraf, so wurde oft genug sanft Schindluder mit unserer Empfindung getrieben. Ein jeder öffnete zum betreffenden Kalendertag pünktlich die lang verschlossene Gefühlsremise des Herzens. Prompt brach Sinnigkeit aus. Wie auf Befehl hielt alles die Köpfe schief vor Rührung. Der Sinn des Festes war von lauter Familie verstellt, und heimlich feierte der falsche Ton Orgien. So viel abrupte Herzlichkeit flog plötzlich umher, daß sich manche ehrliche Haut zu dieser herzensweichen Zeit in die neutrale, sachliche Einsamkeit eines Verschiebebahnhofs sehnte, nur um der Ansteckungsgefahr falschen Sentiments zu entgehen. Die billige Rührung hatte sich des Festes wahrer Liebe bemächtigt. Pfefferplätzchen deckten den Anlaß zu.

Das ist kraß und nahe der Übertreibung. Zugegeben. Aber um den Vorzug der Kargheit leuchtend zu machen, sehe man dem Fest-Urbanus den kleinen literarischen Kunstgriff nach. Denn wenn jetzt kein Lichterbaum leuchtet, wenn die Gans, weiß der Himmel, welcher Fuchs gestohlen hat, wenn es kalt ist, armselig, geschenklos und eng – wann je war eine Weihnacht so fern der Gefahr, in falschem Gefühl zu verkleben? Wer jetzt Weihnacht trotzdem feiert, ist nicht in Versuchung, sich den Blick durch den Gabentisch zu verrammeln. Er muß an den Kern. Und der heißt? Friede, Wohlgefallen!

Zwei Worte – wie Glocken. Was das erste betrifft: Friede ist hergestellt im großen und ganzen. Aber der Kleinkrieg geht weiter. Wer täglichen Umgang mit Mitmenschen hat, wird bestätigen, daß Mißgunst, daß Neid, daß Arglist und Tücke nicht entwaffnet sind. Überall reibt man sich, und die Nerven knistern. Wie wäre es, wenn man sich wirklich zu radikaler Güte zusammenrottete aus Anlaß des Festes? Verschworen, nicht jeden Knuff mit einem Puff zu beantworten, sondern durch ein Lächeln zu verblüffen und durch ein gutes Wort zu entgiften. Den guten Willen kompakt und in konstanter Herzlichkeit der allgemeinen Misere entgegenzuwerfen, sei die menschliche Versuchung auch noch so groß, dem, der uns auf die Zehen trat, unsererseits im Gegenzug feste auf die Füße zu stampfen. Wie wäre es, einmal den noch nie gemachten Versuch allgemeiner Rücksichtnahme zu organisieren, die Herzlichkeit aufzurufen und die Nächstenliebe in Form zu bringen. Jeder in seiner alten Ecke und ohne Rücksicht auf scheinbaren Verlust. Denn wenn man den Blick über die Jahrhunderte gleiten läßt, die seit der Verkündigung der frohen Botschaft vergangen sind, so hat man Anlaß, sich der Menschheit innig zu schämen. Wäre es nicht Zeit, die Nachricht der Engel zu realisieren? Endlich? Ein Heerzug des guten Willens. Daß doch noch ganz Friede werde und den Menschen damit Wohlgefallen. Endlich.

Das wollte gesagt sein. Und Urbanus nimmt schnell das Pathos wieder aus der Schreibmaschine, wirft ein Brikett aus lauter Festübermut in den lauwarmen Ofen. Die gute Ella soll den falschen Kaffee aufbrühen, und dann wird man zusammenrücken und sich diesmal mit besonderer Betonung das wünschen, was so oft eine Formel nur war: Gute Weihnacht!

NEUJAHR

Urbanus, ohnehin von Traurigkeit kein Freund, schürzt sich, um mit einem feuilletonistischen Wuppdich die Schwelle des neuen Jahres zu nehmen. Dieser Abschied fällt nicht schwer. Auch wenn man beide Augen zudrückt: feucht werden sie nicht. Wir froren zu oft. Zu oft tappte unser hungriger Löffel ins Leere. Oft war's stockdunkel. Kein Jahr mit Girlanden über der Tür und mit Sonne im Herzen. Eher zwölf rechte Knochenmonate, und das Beste an ihnen – daß sie vorbei sind.

Töricht und zur Hoffnung geneigt, wie der Mensch einmal ist, meint er, ein deutlicher Einschnitt in der Zählung der Zeit wäre an sich schon ein Fortschritt, ein Grund zu Jux und Feiern. Als ob nicht jeder Morgen ein Anfang wäre und alle Tage Neujahr, wenn man so will. Aber der ordnende Zeitgenosse hängt seine hoffende Torheit gern an feste Haken an der Wand der Zeit. Mit der Wende des Jahres soll sich alles wenden. Ab morgen wird's anders. Ja, Pustekuchen!

Zu viel ist ungeklärt. Manches Schlimme hängt auch ins neue Jahr über. Was, zum Beispiel, wird mit den streikenden Weihnachtsmännern in der Stadt Chikago? Ein Novum in der Geschichte der Gewerkschaften. Dort gibt es eine Gilde bärtiger Männer, die zur Christnacht gegen telephonischen Anruf, gegen eine warme Suppe und ein Dollarfixum bereit sind, in der bekannten Vermummung den Kindern die Geschenke darzubieten. Sie überhören das Weihnachtsgedicht, ermahnen die Chikagoer Jugend zu Lerneifer, Anstand und Fleiß, bekommen vom Hausherrn den vereinbarten Sold diskret in den Sack gesteckt und wandern zu gleichen Preisen weiter. Aber eben die Preise! Den festorganisierten Weihnachtsmännern erschienen sie heuer zu gering. Sie forderten mehr hinter ihren Bärten. Sie bekamen es nicht. Sie gingen in Sitzstreik. Und da sitzen sie nun bis zum nächsten Fest und schmollen unisono im Baß. So wälzt vieles sich fort ins bevorstehende Jahr.

Ein Strom von Widrigkeiten, ein brodelnder. Und daneben ein Bächlein Glück, ein dünnes. Ein paar Freundschaften gehen mit hinüber in den neuen Kalender. Die verläßliche Zuneigung zu der jeweiligen Ella. Der permanente Rausch an einigen Dingen der Kunst. Das Staunen, das ewige, wie morgens die Sonne am Himmel steht, und daß die Natur, gleichmütig, grausam und schön, die Wunder der Jahreszeiten vollbringt. Die Welt ist so schlecht nicht, wie wir sie uns zu machen pflegen, und man soll gemäßigt neugierig sein auf das Kommende. Auch da wieder werden unverhofft

Oasen der Erkenntnis in der Wüste des Alltags liegen oder gar helle Quellen der Liebe oder das seltene Gold jener Stunden, in denen wir in Einklang mit uns sind und der Welt, tatsächlich innig lebendig. Leute, laßt uns immerhin die Hände reiben, daß wir wieder einmal dabei sein sollen. Denn Zeitgenosse zu sein, wann auch immer, ist herrlich! Laßt uns so klug und so töricht sein, das Leben unbesehen zu lieben. Keine Angst vor der Schwelle des Neuen. Urbanus steht augenzwinkernd an den Türpfosten gelehnt, rückt den Hut vom Kopf und bittet Sie einzutreten: ein bekömmliches Neujahr!

ANREIZ ZUR TUGEND

Dies neue Jahr, noch so jung, noch so kurz, stellt sich als direkte Fortsetzung des alten heraus. Wenn der aufmerksame Leser sich freundlich erinnert: der Chronist hat gewarnt. Er hob den Finger, als die Uhr so tiefsinnig zwölf schlug: nicht der Jahreswechsel an sich bringt uns moralisch weiter. Nein, der Mensch ist zu ändern. Das aber ist schwer und geschieht leider fast gar nicht.

Urbanus, ohne Rast und aus Mangel an Eßbarem sich in dies Kernproblem festbeißend, glaubt, durch einen psychologischen Trick hier seelische Hilfestellung geben zu können. Denn der ganze Jammer ist doch wohl der, daß die Tugend erstrebenswert ist, aber von äußerster Langeweile. Das Laster hingegen ist zu verdammen, versteht sich, aber kurzweilig im Gebrauch und höchst heiter und reizvoll, solange es gut geht. Jeden Morgen pünktlich das Bett zu verlassen, um sich stumpfsinnig, aber natürlich höchst achtbar auf dem Pfade der Tugend kerzengerade zu bewegen – das ist löblich, doch entbehrt es der lebendigen Würze. Erst wo das Augenzwinkern herrscht, wird es prickelnd. Erst wo ein Charakter leicht anrüchig ist, stellt sich das Interesse ein. Kurz: Laster macht Spaß. Die Tugend ödet.

Erfunden ist genug. Mond, Sonne, Sterne sind uns kein Problem. Mit Mitteln zur Überwindung von Raum und Zeit sind wir an sich prächtig versehen. Dem Denker aber ist dies alles nur Firlefanz, und es bringt den Charakter nicht weiter. Im Gegenteil: durch die Technik ist das Laster in manchem Bezug nur schneller, populärer und erreichbarer geworden. Die Tugend aber, im Grunde, stelzt immer noch mit ihren vier Stundenkilometern dahin, von mancher fixen Versuchung blitzschnell überrundet.

Was also Urbanus als erstes in diesem jungen Jahr postuliert, ist, daß man den Menschen bessere. Und wie? Ganz einfach dadurch, daß man endlich versuche, die Tugend zu einer Versuchung zu machen und das hurtige Laster mit Langeweile zu durchsetzen. Man mache die Tugend lasterhaft und das Laster tugendlich – schon wird sich die Menschheit, düpiert und verblüfft, auf das Rechte werfen, und sie wäre sozusagen mit einem Schlag moralisch aus dem Schneider.

Die tugendhafte Grete von drüben so zu verändern, daß die Herren auf der Straße nach ihr die Hälse recken und sie trotzdem tugendhaft bleibt, die kesse Lolo von nebenan in ihren fragwürdigen Reizen so zu dämpfen, daß die männliche Umwelt das Gähnen bekommt, das Problem klingt absurd und unmöglich. Aber ins Absurde Verliebte erst schaffen die Realitäten von morgen. Und das Unmögliche möglich zu machen – da beginnt erst der Spaß. Urbanus ruft daher unbekümmert zu der großen Tauschaktion: Macht das Laster zur Tugend. Macht die Tugend zum Laster. Und die Welt ist zum Positiven verändert.

VORZIMMER

Urbanus auf Reisen. Keine Feder am Hute, keinen Stab in der Hand. Nicht aus Drall und Übermut packte der Chronist das karge Ränzel. Geschäfte führten ihn vergleichsweise legal und in der heute seltenen sitzenden Haltung über Landschaft und Hügel und Zonengrenzen. Die absolute Reisebewegung nahm knapp zwanzig Stunden in Anspruch. Lange genug. Aber die Vorreise ging durch nicht weniger als sieben Vorzimmer und dauerte vierunddreißig, genau gestoppt. Und kaum ist der denkende Reisende am Bestimmungsort angelangt, sieht er sich wieder in ein Vorzimmer versetzt. Denn wer heute verflucht ist, die vier engen Wände der Zonenheimat auch nur kurz zu verlassen, ist, was des Leibes Nahrung und Notdurft betrifft, erbarmungslos in das Nichts geschleudert.

So führt der erste Bittgang in der Fremde natürlich wieder in ein langwieriges Vorzimmer. Die Geschäfte, die Freunde, die Lust an der Fremde – sie alle warten. Man wartet ja selber. Das Vorzimmer ist ein mitteleuropäisches Schicksal. Urbanus teilt es seufzend, dreht die Daumen und sieht sich um.

Das ist, wie es überall ist. Gleich unüberwindlich. Gleich anmaßend. Gleich gründlich scheußlich. Die gefrorene Öde. Vier

Wände mit menschlichem Niemandsland. Hinter jener harten Tür erst wohnt der Bescheid, das Nicken des Kopfes, der befreiende Stempel. Ohne Vorraum zu herrschen, scheint dieser Zeit unmöglich. Erst der Umweg bringt Würze, erst die Hürde den Reiz. So schleicht denn die Zeit durch die Vorzimmer und mit ihr die Vorzimmerkatze. Die wieder trägt erstaunlich seidene Strümpfe, pflegt einen Kaktus auf dem Fensterbrett, wehrt den Besuchern und dem Telephon, kocht in kurzen Abständen Kaffee-Ersatz und ist öfter schnippisch als freundlich gesonnen. Ein spätes Produkt dieses Jahrhunderts. In »Soll und Haben« kennt der arglose Freytag sie nicht. Die biederen Buddenbrooks durchliefen auch ohne sie den bekannten Geschäfts- und Familienverfall. Die Vorzimmerkatze aber tut, als wäre das Recht schon seit je auf ihrer Seite. Als herrschte sie seit Anfang der Welt. Und sie herrscht tatsächlich. In ihrer zarten, aber grausamen Hand ruht unser aller Schicksal. Sie öffnet die Tür zum teppichbelegten Tempel, wo der Stempel ruht und das heilige Signum. Unausdenklich, selbst einmal hinter einer Doppeltür zu siedeln und ein Vorzimmer als Prellbock zwischen sich und die Welt legen zu dürfen. Nicht auszuträumen der Traum vom Leben hinter der Barriere, vom Dasein im bürokratischen Recht ...

Urbanus grüßt müde aus der Ferne. Man erwarte keine sinnige Herzensreportage von ihm. Er ist weit, aber im Grunde doch keinen Schritt weiter; fröstelnd, etwas verbittert und leise grollend atmet er die heimatliche Luft eines Vorzimmers wie schon daheim jeden zweiten Tag.

Ach, die Hölle, wenn es sie tatsächlich gibt – sie besteht nur aus Vorzimmern. Nur daß man dann mit böser Bestimmtheit weiß, was man jetzt oft nur ahnt: daß nichts dahinter ist.

VERFEHLTES EXPERIMENT

Dies ist bei Wasserrohrbruch zu lesen, denn bei Wasserrohrbruch ist es geschrieben. Die Blessuren, die das Rankenwerk der städtischen Wasserleitung in den Tagen des Frostes erlitt – jetzt treten sie wirklich offen zutage. Bis dato blieb das Wasser, eisig und unbewegt, in der Röhre. Wollte er sich einen Tee brühen, so wanderte der Chronist in den Keller, um eine offene Ader zu erkunden. Das Wasser war rar. Jetzt tropft es von der Decke und läuft aus der Wand. Dem Mangel folgt der fließende Überfluß, kaum daß die rastlose Ella ihn mit dem Scheuertuch dämmen kann. Die Welt, so oder so, ist ungemütlich – und erst der Klempner, wenn er kommt, wird das Maß und die Ordnung wiederherstellen können. Bis dahin geht die Gemütlichkeit mit der ungehemmten Nässe zuerst über das Parkett und dann in den Ausguß. Und in die Prosa des Zeitbetrachters tropft der leidige Schaden von der Decke. Gebt ihm einen trockenen Punkt, und Urbanus wird die feuilletonistische Welt der Gedanken anmutig aus den Angeln heben. Mit penetrant feuchten Füßen zu dichten, ist ihm nicht gegeben. Erst das Rohr gedichtet, dann die Heiterkeit. Wenn der große Schiller schon die Produktion am Don Carlos unterbrach, weil ihm aus der Waschküche der Familie Körner das Schlagen der Wäsche unleidlich in die Jamben klatschte, braucht man sich nicht zu grämen, wenn die Muse der kleinen Prosa bei solcher Sturzflut der Nässe ausbleibt. Die Natur sitzt uns allzu dicht auf der Haut. Unsere brüchigen Wände hemmen sie nicht. Nichts ist da, wo es hingehört, und das Wasser ist völlig außer Rand und Band.

Dabei wäre manches notwendig zu kommentieren. Aus England die Nachricht, beispielsweise, daß man Jungverheirateten für ihre Flitterwochen eine freie Wohnung, fettes Essen, gute Bedienung und zusätzlich noch drei Schilling täglich garantiert. Ein erfreulicher, philanthropischer Ausblick, nur eben daß auch dieser einen hinterlistigen Haken hat. Den Jungvermählten nämlich infiltriert man als Gegenleistung die Influenza, dann dürfen sie weiter turteln und bleiben bei freier Kost und Logis, wenigstens was ihre Nase betrifft, unter Aufsicht. Kurz: man will dem Schnupfen zuleibe gehen und sucht Dumme. Da Verliebte aber notorisch selig verdummt sind, da sie zudem in den Flitterwochen keine Anstalten machen, das gewährte Heim zu verlassen, so griffen die Forscher zu dieser List, die sich grausam wohl anhört, deren Ergebnisse aber uns allen zugute kommen. Erstaunliches nämlich stellt sich heraus: die Flitternden sprachen nicht an auf den Schnupfen. Dem

Schnupfen schlagen sie ein Schnippchen, verwohnen die Freistatt, veressen das Essen – aber niesen tun sie nicht. Nichts kann sie erkälten, und die Ärzte sind um das Anschauungsobjekt, das sie sich so viel kosten lassen, betrogen.

Für die Forscher betrüblich. Für den Denker höchst erfreulich. Daß nämlich die Wärme des Herzens, daß frische eheliche Zuneigung immun macht gegen jede Infektion – das ist herrlich zu wissen und sei hier notiert. Liebet euch, geht daraus hervor, überwindet die Welt und den Schnupfen im Glück der Umarmung. Eine höchst tröstliche Lehre. Nur, daß sie sich auf den Rohrbruch nicht bezieht. Die Socke zieht weiter Wasser, und es tropft auf das Blatt, das Urbanus beschreibt. Ein Königreich für einen Klempner! Der Schnupfen ist jetzt unsere kleinere Sorge.

DABEIGEWESEN

Wenn die Naturverbundenheit, wenn Verschmolzensein mit den jeweiligen Regungen des Himmels, wenn die Verquickung mit dem vegetativen Element einigen europäischen Denkern das Ideal und der Inhalt ihrer Lehre war – Urbanus kann, aus diesem klirrenden Winter heraus, nicht erkennen, wo bei solchen Gedanken die Wohltat und der Humor sind. »Zurück zur Natur« – wir alle leben nach dieser Devise, ob wir wollen oder nicht. Und meist wollen wir nicht. Unser Interesse klebt morgens ängstlich am Thermometer, um zu sehen, ob die Natur nach so viel kaltem Unverstand endlich gewillt ist, ein Einsehen zu zeigen. Wenn der genießende Zeitgenosse früher am Wochenende das Gesicht mit einer Zigarre zierte, die Beine von sich streckte und sich von den zufälligen Unbilden des Himmels heiter separierte – jetzt muß er hinaus in die feindliche Bahn. Er trägt das Joch des Jahrzehnts, die Bürde des Nachkriegs, er trägt den unvermeidlichen Rucksack an die leidende Schulter gehängt.

Urbanus sieht sich um. Er sieht Gebückte, er sieht Frierende, er sieht einige, durch deren Backen der Wind und das ganze Elend der Zeit gehen. Ein Jahrhundert, an sich prädestiniert, gelassen, geruhsam und sicher in der Nähe jedes fortschrittlichen Komforts zu leben. Aber durch einigen Widersinn auf eine Kulturstufe geworfen, wo das Waschen rar, die Wärme selten und Behaglichkeit eine fremde Vokabel geworden sind. Durch frühere Umstände ist uns die Vokabel »Heldentum« verdächtig geworden. Aber geben gibt es den Begriff trotzdem. Sie sehen anders aus als die in den Lesebüchern. Sie sind verhärmt, abgerissen, früh gealtert. Keine Siegesallee-Figuren. Trotzdem. Oft will uns scheinen, als verdiente die kleine Nachbarin, die ihre drei Kinder durch solchen Winter brachte, Stunden im Winterwind vor dem Fleischerladen stand, erzog, wärmte, Wasser trug, das Karten- und Abschnittdasein überstand und trotz allem guten Mutes war – sie verdiente ein Denkmal der Zeit. Urbanus ist kein Freund des Podestes. Aber der Große Alexander, die streitbaren Könige alle mit ihren Heerscharen die Jahrhunderte hindurch – verglichen mit dem aushaltenden und freundlichen Heldentum der jungen Witwe von nebenan und ihrem Gefolge von drei hungrigen Kindern, erscheinen sie alle wie dumme Jungen. Wer diesen Winter so tapfer überstand, wird zumindest später sagen können: er sei dabeigewesen, als wir mit der puren Natur im stündlichen Zweikampf standen. Wenn das ein Trost ist ...

AUF AUSLÄNDISCH

Ratlos werken die Nornen am Webstuhl der Zeit. Unsereins kommt kaum mit, die argen oder bestenfalls angängigen Muster täglich zu verfolgen. Der Teppich, den sie wirken, ist die Zeitung. Über die Druckwalzen läuft täglich der dünne, sprichwörtlich rote Faden der Geschichte.

Der Bürger eilt, ein Blatt zu erhaschen. Aber hier, wie überall, muß man früh aufstehen, will man zu dem Seinen kommen. Der Chronist, vom nächtlichen Denken bis in sündhaft späte Morgenstunden ausruhend, erscheint erst auf dem Markt, wenn der Nachrichtenmarkt schon ausverkauft ist. Am Kiosk zuckt Frau Plempke, die redliche Händlerin mit der Weltgeschichte, bedauernd die Schultern und deutet, die Arme vor Kälte schlagend, auf den fremdsprachlichen Restbestand. Oh, wenn man tausend Zungen hätte! Aus aller Herren Ländern liegen die Gazetten gestapelt vor. So bleibt nichts, als sich mit der Schulbildung, der verjährten, auf guten Fuß zu stellen und auf ausländisch eine Zeitung zu lesen.

Urbanus geht in der »Times« spazieren, tappt sich von Vokabel zu Vokabel und rundet sein urbanes Weltbild auf englisch. Da das Blatt durch manchen eisigen Sturm über Kanal und Zonen auf den hiesigen Markt zu Frau Plempke reiste, ist es alt. Die Aktualitäten haben angenehmen Grünspan angesetzt. Man braucht nicht so gründlich zu erschrecken, denn was man liest, ist schon völlig vorbei und sowieso nicht zu ändern. So wird das Blatt, ohnehin abgeklärt, noch beruhigender und zur Nervenstärkung. Man hat Zeit, sich den Vermischten Anzeigen zuzuwenden, denn hier seufzt der Alltag.

Verliebte rufen, chiffriert, einander. Entlaufene Hunde. Nippes sucht Käufer. Herrschaftliche Häuser, vor Hypotheken seufzend, schreien nach Käufern. Angebote von Sprachlehrern in allen Zungen. Reiseofferten. Todesanzeigen. Kurz: das Leben findet statt. Und das ist kurzweilig in jeder Sprache. Hier aber sprechen auch die Käuze. Denn was soll man dazu sagen, daß einer einrücken läßt: »Öffentlicher Redner sucht gegen gutes Entgelt Nachweis erstklassiger Themen.« Dem Manne kann geholfen werden. Er soll herüberkommen. Wir decken ihn mit Problemen ein, daß sein öffentlicher Mund auf Jahre nicht stillzustehen braucht. An fast allem Mangel, aber »erstklassige Themen«, daran fehlt es hier nicht. Die »Times« muß man lesen, um zu erkennen, wie reich wir sind. Wenn auch negativ.

WAS MICH GAR NICHT INTERESSIERT

Wenn ich den Blick beiläufig von der rastlosen Schreibmaschine hebe und ihn durch mein Stubenfenster in die winterliche Stadtlandschaft schicke, so liegt da (o Heimat, o du mein Schöneberch!) der liebe Nollendorfplatz.

Straßenbahnen. U-Bahnen, die hier nach kurzer Hochbahnexistenz wieder in die Erde sinken. Menschen. Autos. Zwei trostlose Ruinengrundstücke sind immer noch im Blickfeld. Spatzen flattern hungrig in unsere kahle Kastanie. Ein Stadthund verrichtet am Bordstein seine Notdurft. Ein gelber Postwagen rattert vorbei.

Drüben an Rudis Würstchenbude stehen drei Figuren, essen Knacker und dampfen aus dem Munde. Eine alte Dame wagt sich nicht über den Zebrastreifen, keiner hilft ihr. Ich sehe Großstadt, direkt aus meinem Fenster.

Aber ich sehe mehr. Jenseits des Platzes leuchten schon die Reklamen. Ich soll, lese ich, Eisschränke kaufen. Eine große Kühltruhenfirma macht sich optisch äußerst mausig und läßt in vier Farben die Vorzüge ihres Fabrikats leuchten. Eine Methodistengemeinde, die daneben wohnt, hält ebenfalls mit der Leucht-Publicity nicht hinterm Berge. Sie wirbt um meine Seele.

Unmittelbar daneben wieder eine ordinäre optische Wirrnis: das Großkino schlägt mit Farben und Lichtern auf die Pauke. Wir sollen in das Kinostück »Pistolen-Romeo« gelockt werden. Die halbe hohe Hausfassade ist zu dem Behuf mit einem knalligen Tableau bedeckt. Darauf erkenne ich eine halbnackte Schönheit, umfaßt, umgiert von einer Sittenstrolch-Erscheinung. Darunter Flackerlicht: »Der freieste Film des Jahres!«

Erschrocken schweift das Auge fort. Es findet auf einer Brandmauer, etwas weiter rechts, wieder Lektüre, diesmal nicht angestrahlt, nicht bengalisch angeleuchtet. Ein Beerdigungsinstitut hat da schon Jahre vor dem Kriege die Vorzüge seiner prima Bestattungen schriftlich kundtun lassen; wie schnell, wie diskret, wie preiswert. Die Trauerfirma gibt's lange nicht mehr. Der triste Lesestoff steht immer noch in der Landschaft.

Ich ziehe den Blick, den nur beiläufigen, aus meinem Fenster zurück. Doch hefte ich ihn wieder auf die Schreibmaschine, so habe ich nicht nur Großstadtgegend gesehen. Ich bin vielfach angesprochen und umworben worden. Man hat auf mich eingeredet. Man hat um mich gebuhlt.

Ich soll Eisschränke erwerben. Ich soll meine Seele pflegen. Ich soll mit dem »freiesten Film des Jahres« in die Kinosinnlichkeit getrieben werden. Und ich soll mich begraben lassen, schnell, diskret, preiswert.

Der permanente Marktschrei säumt unseren Tageslauf. Wenn wir nur aus unserem Fenster blicken, und nichts zu suchen, ist unser Sinn, treten wir schon in lauter Augenangeln der Reklame. Wir werden dauernd angebrüllt. Man trommelt auf uns ein. Man will uns gierig und verrückt machen. Man schmeichelt, während man unser Portemonnaie meint, unserem Auge. Im Grunde ziemlich unverschämt und sehr ungehörig, was da den ganzen lieben Tag lang geschieht!

Goethe konnte seine beiden schulbuchbekannten Italienreisen noch vollführen, und wenn er sein Auge nutzte, so sah er Landschaften, Städte, Tiere, Menschen und Geschichte. Kein Schild auf der Strecke von Karlsbad bis Rom und zurück nach Weimar, das ihn zu irgendeinem Fleischextrakt hätte überreden wollen. Kein Plakat, das sich ihm im Sinne eines Schuhkaufs aufgedrängt hätte. Florenz, ganz ohne Schreibmaschinen-Werbung. Mailand, völlig ohne Auto-Reklame. Fahren Sie heute mal nach Florenz oder Mailand!

Goethe hatte es gut. Er wurde nicht von allen Seiten bombardiert wie wir. Die Verlockung und die aufdringliche Frivolität der Verkaufswelt kannte er nicht. Seine Welt war optisch stiller. Er hat nie eine meterhohe Anpreisung für Hüfthalter gesehen, niemals war für sein Auge ein schöner Platz durch mannshohe Leuchtbuchstaben geschändet, die ihn für ein Cola-Getränk gefügig hätte machen wollen. Goethe hatte es gut.

Der kluge Leser wird jetzt einwenden, daß die Plage, unserer heutigen Reklamewelt ausgesetzt zu sein, so schlimm gar nicht sei. Wir lesen ja, gottlob, nicht alles. Wir nehmen ja, zu unserem Glück, nicht einen Bruchteil dessen wahr, was da auf uns einstürmt. Wir sehen ja gar nicht mehr hin. Und wenn wir schon hinsehen, vergessen wir gleich, was wir sahen. Wir halten unser Interesse im Zaum. Wir haben nachgerade, was das betrifft, Hornhäute auf den Augen.

Und da hat der kluge Leser, natürlich, völlig recht. Heimlich wollte ich gerade das von dem klugen Leser hören. Wir haben uns, aus Notwehr, Scheuklappen vor das Bewußtsein gehängt.

Wenn ich die liebe Landschaft des Nollendorfplatzes von meinem Arbeitssitz überschaue, so sehe ich den lieben Nollendorfplatz in toto. Ich nehme die bengalischen Eisschränke, ich nehme die Leuchtseelsorge der Methodisten, ich nehme den optischen Radau der Filmfritzen und die längst überfällige Malerei der Trauerfirma wohl als Reiz und Farbfleck wahr. Aber ich ziehe keine Folgerungen. Die Verlockung lockt nicht. Die Verführung verführt nicht. Ich sehe die liebe »Nolle«. Die Lichter, wofür sie auch immer optisch Radau machen, gehören dazu. Ins Detail blicke ich nicht mehr. Ich werde mich hüten.

Wir haben uns gewöhnt, wir haben uns – aus reiner Notwehr – trainiert, selektiv zu existieren. Sonst würden wir alle, bei der Überfülle des Anspruchs, auf der Stelle wahnsinnig.

Leben, spricht der Weise, besteht im Auswählen. Wer von allem alles will, übernimmt sich den Magen, er verstopft sich den Schlund, er verbrennt sich die Zunge. Der Weise sortiert. Happenweise nimmt er Umwelt und Gegenwart zu sich. An einer einzigen Erfahrung kaut er lange; ja, er kaut sie sogar wieder. Wer weise ist, schlürft Leben und Erkenntnis mit kleinem Löffel.

Don Juan gilt gemeinhin als der Liebeskenner par excellence. Dabei war dieser Dauerläufer der Sinnlichkeit in Wahrheit ein rechter Dummkopf auf seinem Gebiet, ein bedauernswerter Vielfraß. Tausend Liebschaften– wahre Liebe keine! Was es mit den guten Mädchen und Weibern im schönsten Grunde auf sich hat, das hat dieser Gierschlund der Erotik, hat diese Umarmungsmaschine nie erfahren. Weil der Mann zu neugierig war, hat er das letzte Geheimnis nie mitbekommen, für so »erfahren« er auch gelten mag.

Zum selektiven Leben gehört Mut. Recht eindrucksvoll ist es natürlich, wenn der Mann von Welt, das Glas in der Hand und in Gesellschaft, jetzt über die Oberligatabelle, dann gleich über den Vorzug des verbesserten Zweitaktmotors, über den Kongo-Konflikt, über Wittgenstein, die letzte Sagan, die englische Kabinettskrise und über Interna von Bühler Höhe zu plaudern vermag.

Das macht Effekt und den Mann zum Heros jeder Cocktailparty. Aber wehe, ginge man ins Detail! Wehe ihm, träte ihm ein tatsächlich beschlagener Kenner des Kongo mit dem Glas entgegen! Platzen würde der Protz und Federn lassen!

Es wird immer mehr Gebiete geben müssen, die uns überhaupt nicht interessieren können. Was mich betrifft, so halte ich die aufwendige Beschäftigung mit der Raumeroberung für läppisch. Sie interessiert mich einen feuchten Schirm. Ich werde gewiß zum Mond nicht fahren können. (Ich würde viel lieber mal nach Potsdam, aber das ist ja, irrsinnigerweise, für unsereinen noch viel schwerer.) Und die da auf den Mond fahren wollen, wollen es gewiß nicht aus Wissenschaft und Neugier. Sie arbeiten am Prestige. Sie machen Politik oder gar noch Schlimmeres. Ihr Getue sei mir fern. Es interessiert mich nicht. Basta!

Mich rührt nicht der Sport. Ich konnte keinen Augenblick glauben, wir hätten als Nation etwas gewonnen, als wir die sagenhafte Fußballweltmeisterschaft in Bern gewannen. Wie schlugen die Herzen da hoch! Und wie niedrig schlugen sie oft seitdem! Mein Puls wird davon nicht tangiert, kollektiv schon gar nicht. Sollen sie Fußball spielen, alle, die da wollen! Ich bin nicht bereit, den Ball zu treten oder ihn zum Fetisch zu machen. Er interessiert mich nicht.

Ich habe weite Lücken in meiner Bildung. Ich kenne Jean Paul kaum. Adorno ist mir zu schwierig. Ich kann immer noch nicht entscheiden, wer recht hatte, Johnson oder Kesten. Ich habe Erscheinungen wie Henry Miller aus meiner Neugier ausgeklammert. Manche Dichter langweilen mich per se – wie alle Illustrierten durch die bunte Bank. Verpasse ich etwas?

Und wenn schon! Was ich auch verpassen sollte – ich gewinne Gelassenheit. Alle wollen unser Gesichtsfeld verbreitern. Ich finde, es ist schon viel zu breit; es ist fast unübersehbar. Gelobt sei, wer sein Gesichtsfeld im Zaume hält und sein Interesse streng am Zügel. Wer alles wissen will, wird dumm. Nur wer haushält mit seiner Neugier, der hat Aussicht, heutzutage, trotz allem, doch noch weise zu werden.

Soviel wird uns offeriert. Die kluge Scheuklappe der Bescheidung ist nie dabei.

Wir sollten uns, wollen wir vor Überwissen nicht beschränkt werden, endlich beschränken. In der Beschränkung erst zeigt sich immer noch der mögliche Meister. Leute, kauft Scheuklappen! Aber die richtigen!

DIE LITERATUR IST AUSVERKAUFT

Ich traf ihn in dem kleinen Café, wo Geschäftsleute, Liebespärchen und zuweilen auch streunende Literaten hausen. Er saß vor seiner Tasse und einem großen Blatt Papier. Er schrieb. Ich nahm an, er dichtete, und wollte ihn nicht stören. Kurz nach dem Kriege war einiger Ruhm um ihn gewesen. Man hatte ihn zum »hoffnungsvollen Nachwuchs« gerechnet und zur »jungen Generation«. Ein paar Rezensenten hatten sich soweit verstiegen, ihn zum »neuen« Remarque oder Renn oder Barbusse zu ernennen. Ich weiß nicht mehr genau, welcher »neuer« er war. Aber er war damals einer.

Dann war es still um ihn geworden. Jetzt saß er hier und dichtete wieder. Aber er dichtete gar nicht, erklärte er mir, als wir uns begrüßten. Er sei bei einer Versicherung untergeschlüpft. Literatur sei Käse. Es sei schon alles besetzt.

»Wieso besetzt?«, wollte ich wissen. Was sei darunter zu verstehen.

»Sehen Sie«, sagte er und schob das Versicherungsformular, auf dem er gerechnet hatte, in seine Mappe, »Sie müssen einen Trick haben, eine Masche. Sie müssen eine Selbstverständlichkeit finden, ein Grundmotiv. Einmal müssen Sie etwas herausfinden, und dabei müssen Sie bleiben. Daran muß man Sie erkennen. Einen Slogan müssen Sie finden, eine Kennmarke. Und die müssen Sie verkaufen, daß die Leute immer wieder staunen. Denn die Leute wollen ja von einem immer wieder dasselbe. Sie wollen gar nichts Neues.«

Ich verstand ihn nicht. »Nehmen wir ein Beispiel!« fuhr er fort. »Greifen wir hoch. Nehmen wir Thomas Mann. Was hat er geschrieben? Immer dasselbe. Einmal in seiner Jugend hat er herausgefunden, daß Krankheit schlecht, aber interessant, und Gesundheit gut, aber langweilig ist. Das schrieb er immer wieder – mit klugen Variationen, versteht sich. Aber im Grunde immer dasselbe: Krankheit, Differenziertheit ist schlecht, aber prickelnd; Einfalt, Gesundheit sind gut, aber stumpfsinnig. Nennen Sie mir ein Buch von ihm, wo das nicht drinsteht!«

Ich dachte noch nach. Da fuhr er schon fort: »Oder Brecht. Der hat vor dreißig Jahren den Slogan erfunden: Armut ist lästig, aber anständig – Reichtum ist bequem, aber unmoralisch. Darauf ritt er seitdem, mit Erfolg. Immer etwas variiert, aber immer dasselbe.«

Langsam sah ich ein, was mein Gegenüber meinte. Da war er schon bei Hermann Hesse: »Hesse – bitte, was hat der thematisch geliefert? Daß die Jugend schön, aber unruhig ist, und das Alter ruhig, aber scheußlich.«

»Oder, bitte, nehmen Sie Kafka. Kafka hat herausgebracht, daß man zu nichts Vernünftigem kommt, so sehr man sich auch abstrampeln mag. Nach der Formel sind alle seine Bücher gebaut – banal gesprochen, ganz bewußt einmal. Es ist alles besetzt. Die Literatur ist ausverkauft. Alle simplen Formeln sind schon vergeben. Überall sitzt einer drauf. Das ist der Grund, weswegen ich nicht mehr schreibe.« Ob ich ihn jetzt verstünde?

Nun ja, ich verstand ihn ungefähr. Aber angenommen, daß seine, wie mir schien, schreckliche Vereinfachung zutreffend sei, – ein paar simple Wahrheiten müßten doch noch zu vergeben sein.

»Wie ist es denn, um nur ein Beispiel zu nennen«, frage ich, »mit dem gewiß recht ergiebigen Rezept, daß das einfache Leben gut und gesund und das komplizierte und zivilisierte aufregend, aber verderblich ist?«

Da nun konnte mein Freund nur lachen:

»Wichert, Hamsun, Hemingway«, sagte er und sah mich mitleidig an. Ich gab nicht auf. Ob er es nicht einmal mit der Kindheit versuchen wollte. Wenn Hesse nach seinen eigenen Worten die schöne Jugendzeit okkupiert habe – mit den Kindern ließe sich doch noch was beginnen. Beispielsweise: »Kinder sind lustig, unschuldig und gut. Erwachsene sind Strolche und schwierig und hilflos.«

Jetzt zuckte mein Freund die Achsel: »Genau das macht doch schon der Dr. Kästner in München.«

Ich versuchte es noch einmal. Wie es denn wäre, fragte ich, wenn man sich in die immerhin ergiebige Banalität festbeißen würde, daß das Leben gewiß nicht leicht und ohne Konflikte sei, aber im Grunde doch herrlich und saftig und lebenswert, würzig und ...«

»Zuckmayer!« sagte mein Freund gelassen. Ob ich denn wollte, daß er auf dessen Wiesen grase?

Ich ließ noch nicht locker: Ob man dann nicht ungefähr dies versuchen könnte: »Die Menge ist stumpf, uneinsichtig, träge. Der einzelne Weise ist einsam, stolz und edel.«

»Nicht doch«, sagte mein Freund und sah aus, als ob er leichten Zahnschmerz habe, »George, Gide, Jünger.«

Um 1950

Jetzt reizte er mich langsam. Ich warf ihm, ohne viel nachzudenken, folgenden Vorschlag hin: »Das Leben ist schmuddelig, qualvoll, ungerecht. Aber manchmal ist es auch ganz nett und herzlich.«

»Fallada«, hörte ich nur.

Das Thema, daß die Liebe schön oder daß der Krieg böse sei, bot sich schon gar nicht mehr an. An diesen Weisheiten haben zu viele geknabbert. Aber etwas anderes – ob er das nicht brauchen könnte: Wie das Leben voll Ekel, Bindungslosigkeit und Hintertracht wäre und wir es teuflisch schwer hätten mit der Verantwortung vor uns selber ...

»Sartre!« murmelte mein Freund.

»Pardon!« sagte ich, »es scheint wirklich schwer, eine noch unverbrauchte Banalität zu finden.«

Aber da hatte ich plötzlich das, was ich im Augenblick für einen Einfall hielt: »Wie wäre es, wenn Sie, um aus dem Dilemma herauszukommen, in dem Sie sich als verantwortungsvoller Schriftsteller mit dem Drang zur Originalität befinden, – wie wäre es, wenn Sie einfach eben dieses Dilemma zu Ihrer Kennmarke, Ihrem Trick und Ihrer Masche ernennen würden? Alles ist schon gesagt! Alle menschlichen Empfindungen und Einsichten haben schon stattgefunden, sind schon ausgesprochen! Es gibt einfach nichts Neues! – Wie wäre es damit?«

Jetzt sprach Mitleid aus den Zügen meines Freundes: Da wären wir also glücklich beim alten Ben Akiba auf unserer Suche nach dem absolut Unverbrauchten und Neuen. So alt wie diese Wahrheit sei überhaupt sonst keine von denen, die wir eben versuchsweise abgedroschen hätten. Er würde sich als Dichter schämen, sagte mein Freund, dergleichen alte Hüte zu publizieren. Aber ich sei keiner. Da mache es wohl nicht so viel. Er schenke mir diese dumme, alte Wahrheit, obgleich sie ihm selber gar nicht gehöre. Wenn ich wolle, könnte ich unser Gespräch ja mal aufschreiben.

Und das tat ich.

ÜBER DIE SCHNELLEN

Als die Nazis die »entartete Kunst« auf die Mistgabel nahmen, traf ich ihn zum ersten Male. »Nun kann man«, sagte er, »von Hitler halten, was man will, aber da hat er recht: es mußte mal ausgeräumt werden. Es liegt uns vielleicht die Methode nicht. Aber das Grundgesetz des Jahrhunderts geht auf Gesundheit, biologische Unkompliziertheit, auf Klarheit und Kraft. Der Schnitt war nötig, sollte er vielen auch weh tun.«

Ich fragte, woher er das so genau wisse? Er sah mich verwundert an. »Zeitgesetz!« sagte er nur. Sich dagegen zu sträuben, sei lächerlich. Den Zeiger der Zeit könne keiner zurückdrehen. – An sich war er kein schlechter Mensch. Aber er liebte das Grundsätzliche. Und schnell war er auch. Er müsse leider gehen. Man wartete in der »Fachschaft« auf ihn.

Nach 45 traf ich ihn wieder. Er war dabei, eine Ausstellung moderner Kunst zu organisieren.

»Was wir da nicht alles wieder kitten müssen!« seufzte er. Der unterbrochene Fluß der Entwicklung müsse radikal geflickt werden. Klee, Kandinski, Marc, Miró ... Eine diffus gewordene Welt könne ehrlicherweise nur noch diffus gespiegelt werden. Heute konkret malen zu wollen, bedeute Feigheit, Ausweichen, Reaktion. Grundsätzlich müsse die Welt des Anschaulichen aufgebrochen werden. Das Wichtige finde immer erst darunter statt.

»Hoppla!« sagte ich und versuchte zu erfahren, wie sich das mit seinen Grundsätzen von gestern vertrage. Aber er hatte leider keine Zeit: Besprechung mit dem Kulturreferenten der Stadt. Ich möge entschuldigen. Ich entschuldigte zwar nicht. Aber er war schon weg. Er war ja so schnell.

Vorgestern sah ich ihn wieder. Ich stand in einer kleinen Ausstellung vor einem Bild von Mondrian. Mir gefiel es. Da trat er schnell hinzu.

»Jeu vieux!« sagte er und zuckte die Achseln. »Das hat seine Zeit gehabt. Grundsätzlich hemmt uns heute die unmodern gewordene Moderne von 1910 nur noch.« Das Bild der Welt müsse in Richtung einer neuen Mitte zurechtgerückt werden. Die abstrakten Greise solle man endlich entlarven. Kunst habe heute da wieder anzufangen, wo diese überschätzten Irrläufer der Moderne den Weg bildender Rechtmäßigkeit verlassen hätten.

Er sei gerade dabei, ein grundsätzliches Buch darüber zu schreiben. Er müsse gleich zu seinem Verleger. Ich merkte: jetzt spekulierte er auf Baisse. Ich wollte ihm das noch sagen. Aber er war schon weg – schnell wie je.

Merke: Alles Grundsätzliche sei grundsätzlich verdächtig!

Merke weiter: Die Schnellen unter uns verderben den Zeitgeist!

Merke drittens das klassische Distichon des klassischen Schiller: »Was sie gestern gelernt, das wollen sie heute schon lehren. / Ach, was haben die Herren doch für ein kurzes Gedärm!«

DIE EWIGKEITSTAPETE

Vier Wände hat die Stube. Sie blockieren den Blick in die Umwelt. Die Decke deckt uns von den unbarmherzigen Gestirnen ab. Der Fußboden hebt uns von dem Stoff, aus dem wir gemacht sind.

Wer die Freiheit liebt und die Natur, kann sich behaglich in den Fensterrahmen legen, den sorglosen Flug der Vögel betrachten, die eilenden Menschen drunten auf dem Trottoir und die Reklame für Willstedts Trauermagazin auf der Brandmauer gegenüber.

Wer sich jedoch der Einsamkeit ergeben will, hat es leicht in der Hand, die Rollos herabzulassen, den Schlüssel einmal in der Tür zu wenden und – ach, er ist bald allein.

Er liegt auf seiner lümmeligen Couch und bedenkt genießerisch den Zustand der totalen Einsamkeit. Die Unermeßlichkeit des Weltalls bleibt vor seiner Tür. Hier darf er sicher sein, daß ihn der Lärm, die Vielfalt und das Getöse der Menschheit nicht erreicht. Das Schicksal hat vor seiner Schwelle still zu stehen. Wohl dem, der eine Stube hat und an der Tür ein Schloß, das funktioniert!

Aber er irrt, der Troglodyt nach Feierabend, der Mann auf seiner lümmeligen Couch, wenn er glaubt, er habe sich völlig abgeschirmt gegen die Stimmen von außen, wenn er wähnt, hier immun zu sein gegen die Anforderungen der Umwelt. Die eine Wand hat ein Loch.

Sie hat ein Loch – nur bildlich gesprochen, versteht sich. Die Stube ist wie immer. Nur daß sein Blick die Bücher auf den acht Regalen streift, die Bücher, die dort stramm auf Richtung stehen. Er blickt auf seine Ewigkeitstapete, die alle Ranken des eigentlichen Wandpapiers verdeckt. Der dicke Wandschmuck hat ihn um die Einsamkeit gebracht und ihn um seine vermeintliche Abgeschlossenheit betrogen.

Ungehindert weht kalter Schicksalswind von außen. Menschenschicksal, Menschennot, Menschenglück, Menschenwirrsal und Denken sind da gehortet.

Männer sind hingegangen und haben heiße Breitengrade aufgesucht. Mit Hottentotten und Kanaken waren sie gut Freund, nur um die ärgerlichen, weißen Flecken auf unserer Karte dieser Erde auszutilgen. Sie froren unter fernen Monden, sie waren nachts das Ziel vergifteter Pfeile. Jetzt aber steht, gefahrlos aufgeschrieben und ohne Umstände am Ofen zu lesen, was jene dort in der wilden Welt erfuhren, wofür sie ihr Leben mehr als einmal in die Urwaldbresche schlugen.

Das Abenteuer ist zu kaum dreihundert Seiten holzfreien Druckpapiers geworden.

Ein Teilchen unserer Ewigkeitstapete.

Daneben gleich die Lieblingslyriker. Vor gut zweihundert Jahren empfand ein Dichter die getränkte Stille einer Nacht so sehr, die Schönheit dieser Stunde riß ihm so am Herzen – er nahm den Gänsekiel zu Hand und machte jene Stunde zu Musik. Was jener vor so langer Zeit empfand – erst wurde es zu Tinte, dann zu Druckerschwärze.

Wir brauchen nur das Auge beiläufig über die schwarzen Zeichen laufen zu lassen, und das bewirkt, daß sich in unserer eigenen Brust erneuert, was jener dort vor längst gestorbener Zeit empfand: der Abend und die Bäume, die Stille und die Seligkeit im Herzen. Sehr wunderbar!

Es mag Erstaunliches und Wunderbares genug geben in diesem Weltalter, dessen verwirrte Zeitgenossen wir sind. Daß man Atome zerreißen und kleine Hunde unter die Sterne mischen kann, ist gewiß nicht von Pappe. Aber unser Zimmertroglodyt auf seiner lümmeligen Couch, während er versonnen seinen Bücherschrank betrachtet, ist entschlossen, das Phänomen und Wunder des Lesenkönnens für eine weit größere Unerfindlichkeit zu halten.

Er steht auf und schreitet die Front der angetretenen Autoren nachdenklich ab.

Grüß dich, Bruder Claudius, in deinem braunen Einband aus der Zeit! Und du, mein Eichendorff, wir sprechen uns noch diese Woche! Na, Benn, bist du nicht nur durch Zufall direkt neben Goethes »Diwan« geraten? Und wer hat dich dicken Boswell zwischen die Modernen gestellt? Du gehörst rechts außen hin, wo die Flügelmänner unseres Wohlgefallens wohnen!

Ein Mann an seinem eigenen Bücherschrank ist, wenn man nur richtig hinzusehen versteht, innerlich aufgeschlüsselt. Zeige mir die Regale deiner gedruckten Vorlieben – ich sage dir sofort, wer und wie du bist! Zu verstehen sind alle, die fremde Leute nicht gern in ihre Hausbibliothek lassen. Wer unseren Bücherschrank sieht, kann uns durchschauen.

Eine Eigentümlichkeit der eigenen Ewigkeitstapete ist, daß sie nie fertig wird. Ihre Muster, ihre literarischen Ranken wuchern und vermehren sich, solange wir leben. Es kommt immer was dazu. Hat man sich mit dem Dauergepäck der lieben Klassiker schon versehen, so drängt sich immer wieder Neues auf.

Jede Bibliothek – und das ist offenbar eine Regel – ist immer zu klein für die Möglichkeit ihrer Unterbringung. Jeder Bücherfreund hat es immer vor, doch endlich mal zum Tischler zu gehen und wirklich zumindest ein neues Regal zu bestellen. Daß er es dann nie oder nur zu selten tut, ist eine Regel, die offenbar wieder unumgänglich ist.

Jede Bibliothek ist zu klein. Und jeder Bücherfreund hat permanent vor, endlich einmal zu sortieren, die gedruckte Spreu von dem bewährten Weizen zu sondern, wenigstens die schmissigen Krimis aus dem Souterrain der Hausbücherei zu entfernen, dafür zu sorgen, daß die Bücher nicht zweireihig hintereinander stehen und Musil hinter Sartre, George hinter Polgar ein beschämendes Dasein im Schatten führen müssen.

Jeder Bücherschrank ist immer ordnungsbedürftig. Keine Bibliothek ist je fertig oder abgeschlossen. Unsere Dichterregale sind im Grunde ein dauernder Vorwurf und eine stetige Aufforderung, sie endlich in Ordnung zu bringen. Jeder Bücherfreund empfindet, sieht er sonst auch mit Wohlgefallen zur Bücherwand, ein permanent schlechtes Gewissen.

Also nimmt er wieder Anlauf, die Anarchie zu bekämpfen, endlich Schlagordnung in die überfüllte Wüstenei zu bringen.

·Liebe Freunde, falls wir Bücherfreunde sind, wissen wir, wie das in schöner Gesetzmäßigkeit endet. Es ist immer das beglückende Gleiche.

Noch ist unser Mann am Regal besten Willens. Er räumt die oberste Reihe aus. Polkt hervor, was einfach hinter die vordere, kompakte Bücherfront geschoben worden ist und dort, etwas angestoßen, im Dunkel ruhte. Er kommt mit sich überein, die oberste Reihe, wie sich wohl gehört, den Klassikern zu widmen und stellt schon fleißig die ersten Bände wieder ein ...

Dann geht's los. Ihm fällt, sagen wir, ein Reclamband in die Hände: »Vorsokratiker«. Seit der Penne hat er nicht mehr einen Blick hineingetan. Jetzt fängt er an zu blättern. Er liest. Er staunt. Er versinkt. Aus einem Ordnenden ist unversehens und notwendig ein Lesender geworden. So hatte er diese schöne Morgenröte des menschlichen Denkens ja gar nicht in Erinnerung! Mein Gott – und das hat man in der Stube! Das hat man einmal erworben, ohne es wirklich zu besitzen! Darüber vergeht erst einmal ein kleines Stündchen. Die Ordnung im Bücherschrank muß warten.

Reißt er sich dann am Riemen, unser Mann am Regal, reißt er sich los, stellt er die Vorsokratiker fort und reiht ein paar Minuten wieder seine Bücher ein, dann öffnet sich wie zufällig sein Fontane: »Stechlin«. Den möchte ich sehen, der dann nicht wieder eine schöpferische Pause machte! Der verhinderte Bücherordner bleibt wieder hängen. Die Turmuhr schlägt. Die Zeit verrinnt. Da hockt er, ist in seinen selig lesenden Gedanken bei dem alten Dubslaw und läßt die herrlich epischen Dialoge auf der Zunge zergehen. Bücher ordnen tut der Bücherordner nicht. Aber er ist glücklich.

Gibt er sich wieder einen Ruck und hat er seinen Fontane zärtlich weggestellt, fällt ihm Rilke in die Hand. Den hat er, da er ein Jüngling war, sehr geliebt. Jetzt wird, liest man in den Gazetten, sein Ewigkeitswert weit niedriger gehandelt als einst. Was liegt näher, als selbst schnell mal den Nährwert der weichen Verse nachzuschmecken und zu entscheiden, ob Rilke wirklich in die vorderste Reihe des Bücherschranks gehört? Wieder liest unser Bücherfreund. Wieder verrinnt die Zeit. Und so weiter – und so fort.

Auf diese Weise wird verständlich, daß Bücherschränke nie in Ordnung kommen. Wenn es Mitternacht schlägt, schlägt unser Mann am Regal selbst die Hände über dem Kopf zusammen, stopft die umherliegenden Bände, holterdipolter, ins Fach und gibt es auf. Der Bücherschrank ist unordentlicher als zuvor. Aber es war ein schöner Abend!

So überall und immer. Vielleicht soll man es aufgeben. Vielleicht soll man den Ehrgeiz gar nicht hegen, Übersichtlichkeit, Wertung, Maß und Ordnung in diesen Teil unserer Stube zu bringen. Jeder Mensch am Regal gleicht dem Sisyphus. Klug ist, wer es weiß. Und weise ist, wer es genießt. Denn Bücherschränke sind – wenn sie wirklich unsere eigenen geistigen Spiegel, wenn sie unsere seelischen Ablagerungen sind – Lebewesen, sind ein Teil unseres eigenen Organismus und sind damit nie fertig und oft wirr und bis zuletzt der Vollendung und Ordnung bedürftig.

Aber vielleicht (wie sagte doch der alte Andersen?) – vielleicht ist das gerade das Nette daran.

CODA

Wer vertraglich gehalten, wie der Chronist regelmäßig auf das schmale, wippende und gefährliche Drahtseil des Feuilletons klettern muß, der hat wahrscheinlich kein leichtes Brot.

Pünktlich erwartet man von ihm vollendete literarische Kapriolen. Wunders genug, daß ihm hin und wieder ein paar neue, gedanklich gewagte Schritte gelingen. Manchmal meldet er mit dem dumpfen Trommelwirbel seiner Prosa einen veritablen Salto mortale der Logik an. Oft genug gerät das Seil selbst ins Schwingen, daß er sich fest an die Balancierstange des Verstandes halten muß, damit er nicht strauchele und zum Gelächter der Leser unversehens im Fangnetz des baren Unsinns lande.

Aber angenommen, ihm sei tatsächlich ein literarischer Seiltanz gelungen, elegant, etwas atemberaubend und angenehm zu beobachten, so stand es zuerst in seinem Notizbuch des Herzens, in den Tagesblättern seiner privaten Chronik, und darauf auch im Zeitungsblatt, und Urbanus war berühmt für einen Tag und für zwanzig Pfennige.

Hier liegt die Tragik des Kurzprosaikers: Man könnte dreist die letzte Weisheit publizieren – mit der nächsten Zeitungsnummer ist sie schon passé und Makulatur. Jemand kann sich die blutendsten Verse vom Herzen reißen, gibt er sie ins Morgenblatt, so schnalzt mancher empfindsame Leser wohl beim Morgenkaffee genießend die Zunge. Aber nichts hindert den gleichen Leser, mit dem gleichen Gedicht am gleichen Abend das Herdfeuer zu entfachen.

Und wie verletzend ist es, den Hering auf Zuteilungdekade II in ein eigenes Feuilleton eingewickelt zu finden, an dem die Liebe,

Einsicht, der Schweiß und geopferter Nachtschlaf kleben, davon versagt sich Urbanus sein trauriges Liedlein zu singen.

Dergleichen schmerzt furchtbar. Tragisch, flüchtig und gleich einem Morgenwinde ist der Nachruhm der Schreiber des Tages. Der Leser des Zeitungsblattes hatte es leicht: Er entfaltete das Blatt, las seinen Urbanus, schüttelte das Haupt und fand womöglich, der Gute hätte sich's zu einfach gemacht. Heute wäre er schwach.

Aber wie es am Tage zuvor an der Schreibmaschine des festen Feuilletonisten aussah, das ahnt keiner. Keine Muse wollte sich zeigen. Die Stimmung war flau und Ella gewarnt. Aber er mußte aufs Seil. Sein Kunststück war fällig. Er mußte tanzen.

Wie's da drinnen aussah, das ging keinen was an. Der Chronist füllte stöhnend das fällige Tagesblatt. Und am nächsten Tage schon war alles vergessen. Das Zeitungspapier, mit der Dichtung bedruckt, wird dem Trödler verschachert, in den Ofen gesteckt, um den Hering gewickelt. Der Zweigroschenruhm ist vergessen.

Ahnt der Leser, wie es Urbanus jucken muß, in die kleine und feste Unsterblichkeit eines Büchleins zu gelangen? Wenn er auf Bestand gedruckt und seriös geheftet und gebunden wird, so wiegt seine flüchtige Prosa nicht nur mehr zwei Groschen, sondern fällt geldlich und somit auch literarisch weitaus schwerer ins Gewicht. Das hebt man sich auf. Das reicht man womöglich noch in der Familie herum mit der Bitte, es zu achten und nicht zu beschmutzen, und reiht es am Ende gar in den Bücherschrank ein. In die Nähe gewichtiger und großer Geister zu geraten – es ist die heimliche Sehnsucht des Kurzstreckenphilosophen. Weiß der Himmel, mit wem er da Nachbarschaft halten wird! Urbanus wird sich dünn machen, im Bewußtsein seiner geringen Gewichtigkeit und mangelnden Seriosität. Aber er ersehnt sich den Platz, den fundierten, im Bücherregal!

Seien Sie nett zu ihm! Postieren Sie ihn gut!

EDITORISCHE NOTIZ

Dieses Buch versammelt Feuilletons, die Friedrich Luft unter dem Pseudonym »Urbanus« von März 1946 bis März 1947 im »Tagesspiegel« veröffentlichte und dann im Juli 1948 unter dem Titel »Tagesblätter von Urbanus« im damals noch in Berlin ansässigen »Suhrkamp Verlag vorm. S. Fischer« als Buch veröffentlichte (ebenfalls unter Pseudonym).

Ergänzend wurden vier Texte (»Was mich gar nicht interessiert«, »Die Literatur ist ausverkauft«, »Über die Schnellen« und »Die Ewigkeitstapete«) aufgenommen, die 1962 in dem Buch »Luftsprünge« erschienen (Verlag Kiepenheuer & Witsch, damals noch in Köln und Berlin).

Der Verlag dankt Magdalena v. Bismarck für freundlichste Unterstützung und die Fotos von Friedrich Luft, die sie zur Verfügung stellte.

ÜBER DEN AUTOR

Friedrich Luft wurde am 24. August 1911 in Berlin geboren. Er studierte 8 Semester Germanistik, Anglistik und Geschichte in Berlin und Königsberg. Ab 1936 schrieb er als freier Autor Feuilletons für das »Berliner Tageblatt« und die »Deutsche Allgemeine Zeitung«, Filmskripte und Texte für den Kabarettisten Werner Finck. Seine Mutter, eine geborene Schottin, konnte nach Kriegsausbruch als »feindliche Ausländerin« nicht in Deutschland bleiben. 1940 Heirat mit der Zeichnerin Heide Thilo.

Nach dem Krieg arbeitete er als Theater- und Filmkritiker (seit dem 6. Februar 1946 vor allem für den RIAS als »Stimme der Kritik«). Regelmäßige Beiträge für die »Neue Zeitung«, den »Tagesspiegel«, die »Süddeutsche Zeitung« und schließlich die »Welt«. Zahlreiche Buchveröffentlichungen, u.a. »Luftballons«, 1939; »Puella auf der Insel« (Kinderbuch gemeinsam mit Heide Luft), 1949; »Vom großen, schönen Schweigen«(eine Chaplin-Biographie), 1958; »Stimme der Kritik«, 1965.

Friedrich Luft galt als der einflußreichste und bekannteste Theaterkritiker Deutschlands. Er starb am 24. Dezember 1990.